AF391177

L'ECVYER,

OV
LES FAVX NOBLES
MIS AV BILLON.

Comedie du Temps.

Dediée aux vrais Nobles de France.

Par le Sieur DE CLAVERET.

A PARIS,
Et se vend au Palais.

Auec Priuilege du Roy.
M. DC. LXV.

AVX VRAIS
NOBLES
DE
FRANCE.

ESSIEVRS,

I'ay consulté long-temps en mon esprit, à qui ie deuois dédier cette Comedie ; mais enfin, i'ay iugé que c'est à Vous seuls qu'elle

EPISTRE.

doit appartenir legitimement ; &
que c'est Vous, qui sur tout le reste du monde, deuez auec plus de
ioye, & de soin, l'honorer de
vostre protection. Est-il rien de
plus iuste, que les Declarations
que le Roy rend sur ce sujet, en
vostre faueur ? N'est-ce pas vostre gloire, que le plus grand Po-
tentat de la terre, & dont l'esprit est diuinement éclairé, ayt
percé, de ses viues lumieres, ce
grand cahos de la France, où
tant de gens d'vne naissance basse & méprisable, entreprenoient
de marcher du pair auec Vous,
en vsurpant le tiltre d'Ecuyer,
qu'ils ne meritoient pas ? Les Or-
donnances des autres Roys n'ont

EPISTRE.

telles pas de regne en regne, & de
temps en temps, tonné contre les
usurpateurs de Noblesse? Ne les
auez-vous pas veuës souuent
confirmées, & renouuellées? Et
toutes les fois que les Estats ont
esté assemblez, n'y auez-vous
pas vous-mesmes demandé auec
empressement, que la distinction
se fist dans le Royaume, entre
Vous, & les faux Nobles? Ce
grand Prince, aux yeux duquel
rien n'échappe dans ses Estats,
pouuoit-il mieux considerer vostre vertu, vos actions heroïques,
& les seruices signalez que vous
luy auez rendus dans ses Armées,
(puis qu'ils sont les appanna-
ges illustres, & les caracteres so-

EPISTRE.

lides d'vne veritable Noblesse)
qu'en les faisant examiner par
vne Cour Souueraine, la plus in-
telligente sur ces matieres-là, qui
soit dans l'Europe, & qui s'en
acquite tous les iours si digne-
ment ? C'est donc Vous, que ie
loüe, c'est eux que ie ioüe, sans
toutefois designer personne en par-
ticulier ; parce que ie ne veux pas
insulter sur leurs disgraces. Ainsi,
plus ils apportent de precautions
à se cacher, plus ie pense estre obligé de ne les pas découurir ; mais
d'admirer la sagesse, & la vi-
gueur d'vn Ministre infatigable,
& clair-voyant, qui fait tour-
ner toutes choses à la gloire de
son Prince, & à l'auantage de

EPISTRE.

ſes Sujets oppreſſez, ſous de ſemblables vſurpations. Ie ſçay bien,
MESSIEVRS, que cette
Comedie vous auroit ſemblé plus
agreable, ſi ie l'auois parée de
toutes les graces, & de tous les
ornemens que luy peut donner le
Theatre, ſans lequel ce n'eſt qu'vn
corps inanimé ; mais les fruits de
l'eſprit, auſſi bien que ceux de la
terre, ne meuriſſent pas facilement
lors qu'ils ſont éloignez du Soleil;
& ie ne ſuis plus d'humeur à bri-
guer la faueur du Parnaſſe, &
affecter encore la gloire de voir
mon nom affiché aux coins des ruës
de Paris pour de ſemblables ba-
gatelles. Si vous voyez celles-
cy imprimées ſous ce meſme nom,

blaſmez-en , ou loüez-en mes
amis , qui l'ont fait faire en mon
abſence , pour m'épargner la peine
de les copier dauantage , & le chagrin que ie pourrois auoir encore
de les perdre entre les mains de gens
infideles , qui veulent pourtant
eſtre eſtimez dans le beau monde.
Quoy que les Muſes ſoient filles du Ciel , & par conſequent
immortelles ; il eſt certain que ie
croyois la mienne pour iamais mor-
te au Theatre; mais la galanterie
que ie vous preſente l'a reſſuſcitée;
& il eſt preſque en vn inſtant
ſorty de ſa teſte vn Eſcuyer tout
armé , comme il ſortit autrefois
vne Eſcuyere toute armée du cerueau de Iupiter. Ie vous auoüe,

EPISTRE.

sans vanité, *MESSIEVRS,*
que quelques-vns de mes ouurages
ont esté representez autrefois sur
les plus beaux Theatres de la
France, puisque le plus grand
Ministre que nous auions alors,
& l'homme du monde qui con-
noissoit le mieux, & qui aimoit
le plus la Comedie, les faisoit
faire exprés ; mais si vous prenez
la peine de lire cette piece sans
preoccupation d'esprit : I'ose me
persuader que la beauté, & la
force de vostre imagination, luy
seruiront d'vn Theatre tout à fait
agreable ; & que si vous en comprenez le mystere, que l'on ne peut
expliquer plus clairement, vous
ne me refuserez pas vostre appro-

EPISTRE.

bation. I'espere de vous cette iustice, & que vous me croirez,
comme ie le suis en effet,

MESSIEVRS,

Vostre tres-humble & tres-
obeïssant seruiteur,
CLAVERET.

LE LIBRAIRE
AV LECTEVR.

IE penſe eſtre obligé de vous auertir, que la precipitation dont i'ay vſé pour vous donner cette Comedie, eſt cauſe qu'il s'eſt gliſſé dans l'impreſſion cinq ou ſix petites fautes, deſquelles il n'eſt pas iuſte que vous accuſiez vn Auteur incapable de les faire. Ainſi page 3. au lieu de, *ou n'ayent,* liſez s'il vous plaiſt, *ou qu'ils n'aynt,* vray, liſez *vraye,* p. 5. ce bon vieillart, liſez, *ce vieillard hier au ſoir,* p. 6. qu'autre-fois, liſez *qu'hier au ſoir.* Ce que l'Autheur affecte pour marquer l'vnité du temps, laquelle auec les autres vnitez de lieu, d'action, & de Scene, donne vn grand agrément au Theatre, il ſe trouuera encore quelques autres petites fautes, comme des ſinguliers au plu-rier, dans des verbes & dans des noms, quelques particules obmiſes, ou repe-tées inutilement, ou retournées, qui

font le vers trop long oû trop court,
p. 63. fe, pour *le*, qui gafte le fens,
p. 72. contefter, au lieu de *courtifer*;
ce qui eft arriué par inaduertance, l'Autheur eftant à quarante lieuës de Paris,
d'où les corrections font venuës trop
tard. Ces petites fautes ne feront ap-
perceuës que par les yeux fçauans dans
la Poëfie, qui ayant leu fans doute les
beaux ouurages en vers & en profe,
qu'à fait autrefois Monfieur de Claue-
ret, luy feront cette iuftice de ne pas
croire qu'il en foit coupable, mais en
reietteront tout le manquement fur
moy, qui leur en demande excufe par
cét Auertiffement.

Extrait du Priuilege du Roy.

PAR grace & Priuilege du Roy, donné à Paris le 28 Ianuier mil six cens soixante-cinq, Signé BOVCHARD, il est permis au Sieur DE CLAVERET, de faire imprimer, vendre & debiter en tous lieux de son Royaume, par tel Imprimeur & Libraire qu'il luy plaira choisir, vne Piece de Theatre qu'il a composée, intitulée, *L'Escuyer, ou Les faux Nobles mis au billon*, Comedie du temps, pendant le temps de sept ans, à commencer du jour que l'Impression sera acheuée pour la premiere fois ; faisant deffenses tres-expresses à toutes personnes de quelque qualité & condition qu'elles soient, d'imprimer, faire imprimer, vendre, ny debiter ladite Comedie, en aucun lieu de son obeïssance, durant ledit temps, sous quelque pretexte que ce soit, sans le consentement de l'Exposant, à peine de confiscation des Exemplaires, mille liures d'amende, dépens, dommages, & interests, ainsi qu'il est plus amplement porté par ledit Priuilege.

Regiftré sur le Liure de la Communauté des Marchands Libraires & Imprimeurs le 22. Avril 1665. suiuant l'Arrest du Parlement du 8. Avril 1653. Signé, E. MARTIN, Syndic.
Acheué d'imprimer pour la premiere fois le 28. Avril 1665.

Noms des Personnages.

DAMON, Gentil-homme.
FANCHON, Maiſtreſſe de Damon.
ARONTE, riche bourgeois, pere de Fanchon.
AMERINTE, mere de Damon.
LICIDAS, amy de Damon.
Monſieur LE PRESIDENT.
CELIMENE, couſine de Fanchon.
CLIDAMOR, Eſcuyer d'Academie.
LISANDRE, Eſcuyer d'vne Princeſſe.
BERTRAND, Eſcuyer de cuiſine du Roy.
Vn SERGENT, & deux LAQVAIS.

La Scene eſt dans vne grande place d'v-
ne Ville frontiere de Picardie.

L'ECVYER,

OV
LES FAVX NOBLES
MIS AV BILLON.

ACTE PREMIER.

SCENE PREMIERE.

LICIDAS. DAMON.

LICIDAS.

Ans mentir tu m'inſtruis d'aſſez plai-
ſantes choſes.

DAMON.

Nous verrons bien encor d'autres me-
tamorphoſes.

LICIDAS.

Conte-moy, cher Damon, qui t'en a tant apris?

DAMON.

Il ſuffit qu'hier au ſoir ie reuins de Paris,

A

Que i'ay troté deux mois dans cette grāde ville,
Où i'ay veu des voleurs, dōt la main est subtile,
Où, de tous les Pays, où, de tous les quartiers,
Sont en foule venus des troupeaux d'Escuyers,
A pied, dans des bateaux, en coches, en charettes,
Sur baudets mal-bâtez, sur piteuses mazettes,
Accourans au répy, comme gens affligez,
Qui se sont laissez mordre à des chiens enragez,
A qui l'on fait cōnoistre, à la fin de leur course,
Qu'ils n'en sçauroient guerir, s'ils n'y vuident
　　　leur bourse;
Que plus elle sera pleine d'or & d'argent,
Plus à les secourir on sera diligent,
Tant le soin d'amasser est vn desir auide,
Ainsi, dans tout Paris nulle auberge n'est vuide,
Ainsi, Guespin, Picard, Champenois, Bour-
　　　guignon,
Sont contraints de loger auecque le Gascon,
Leur dust-il, en dormant, d'vne malice adrette,
Nettoyer le gousset, & plier la toilette.

LICIDAS.

Mais, d'où vient dans la France, vn desordre si
　　　grand ?

DAMON.

C'est plûtôt vn bon ordre, à qui bien le cōprend,
Puisque c'est vn Edit où l'Estat s'interesse,
C'est que le Souuerain veut regler sa Noblesse,
C'est qu'il veut separer le mauuais or du bon,
Et mettre, s'il se peut, tout faux Noble au billon;
C'est que le Souuerain veut qu'en tout son
　　　Royaume
On ne s'appelle plus que Iean, Pierre, ou Guil-
　　　laume,
　　　　　　　　　　　　　　　　[Martin,
Ambroise, Paul, François, Estienne, Aignan,

Philippe, Nicolas, Christoffe, Constantin,
Bref, qu'on n'ait d'autre nom que celuy du
   Baptesme,
Si de sa Maiesté l'autorité supresme,
N'anoblit ses suiets, ou n'ayent des Contras,
Qui ne soient point mangez de souris, ny de ras,
Et dont l'antiquité, fierement contestée,
Par les hommes du Roy , soit pour vray at-
   testée.

LICIDAS.

Qui sont ces hommes-là ?

DAMON.

        Gens adrets, sans deffaux,
Qui font voir à la Cour les Nobles vrays, ou
   faux,
Chacun d'eux en public Thomas Bousseau se
   nomme.

LICIDAS.

Et ce Thomas Bousseau, quel est-il ?

DAMON.

        Galand homme,
Obligeant, plein d'esprit, à Paris sans pareil,
Lors qu'on le fait parler, ou signer au Conseil,
Suiuy de trois Laquais, & qui n'y va qu'en
   chaise,
Pour y paraistre propre, & marcher à son aise,
Ayant vn habit noir, du plus beau camelot,
Dont iamais en Holande on ait fait vn balot,
Le manteau bien coupé, doublé de belle pane,
Vn rabat de haut prix, des gans de franchipane,
Beaux, & des mieux ambrez que vende Martial,
Vn air de Financier, ciuil & iouial,
Quelques glands gros & fins, pendans à sa po-
   chette,

          A ij

Le chapeau de castor, la perruque bien faite,
Qui dit estre le Chef de ce noble Party,
A qui nul n'oseroit donner vn démenty ;
Mais, qui hors du Conseil, par humilité porte,
Le mesme habit du train, qui dans ce lieu l'es-
    corte.

LICIDAS.

Ce n'est donc qu'vn Laquais ?

DAMON.

                C'est ce qu'il te plaira.
Sous son nom l'on assigne, & l'on assignera,
Qu'on l'estime vn Laquais, qu'on l'estime vn
    fantosme,
Il est l'hôme à present le plus fier du Royaume,
Ainsi Thomas Bousseau ne fera nul quartier
A ce nouueau Baron, Messire, ou Cheualier,
Ainsi, tel se Marquise, & veut passer pour Côte,
Qui n'y trouuera plus son honneur, ny son
    compte.
Mais vn plus long discours te seroit ennuyeux;
Car l'on ne doute point du rang de tes ayeux.

LICIDAS.

Puisque sur ce suiet tu t'imposes silence,
Parlons de ton amour, qu'a produit ton absence?
As-tu dans ta Fanchon retrouué la beauté
Qui depuis si long-temps charme ta liberté ?
Son cœur est il tousiours noble, tendre & fidelle?
Souspire-t'il pour toy, souspire-tu pour elle ?
Le tien est il ardent, & depuis ton retour
En a-t'elle receu quelques marques d'amour ?

DAMON.

Le moyen d'y mâquer, quand l'ame est possedée
D'vne si precieuse & si charmante idée ?
Cet obiet adorable en tous endroits me suit,

Ie n'ay pû reposer vn moment de la nuit,
Et si ie n'esperois, par vn doux Hymenée,
Voir dans deux ou trois iours ma langueur ter-
     minée,
Ie serois cent fois mort d'amour, ou de soucy.
Ah ? j'apperçoy son pere, éloignons-nous d'icy;
Iuge, ie te supplie, en la voyant si belle,
Du tourment que i'endure à me separer d'elle;
Mais il se faut contraindre, & souffrir qu'à son
     tour
La bien-seance regne, aussi bien que l'amour;
Peut-estre que ce pere, & son aimable fille
Vont conclure ma joye auec nostre famille:
Ce bon vieillard, hier, auec nous folastra,
Et promit que demain ce Contract se fera,
Iusques à consentir, d'vne humeur jouiale,
Que sa fille agreast la bague nuptiale,
A me dire en quel doigt ie deuois la placer,
Et qu'elle m'y laissa doucement enfoncer.

LICIDAS.

Ainsi, braue Damon, ta ioye est sans seconde,

DAMON.

Ie m'estime en effet, le plus heureux du monde.

SCENE II.

ARONTE, FANCHON.

ARONTE.

C'Est luy certainement qu'entretient Licidas.

FANCHON.

Cela peut estre vray, mais il ne nous voit pas.

ARONTE.

Il est aussi probable, & ta mine le montre,
Qu'il te plaist auiourd'huy d'éuiter sa récontre;
D'où vient en ton esprit ce soudain changemēt?
Est-il moins auiourd'huy, qu'autrefois ton
    amant,
Quel vent prompt & noūueau tourne ta gi-
    roüette ?
N'as-tu point cette nuit oüy quelque choüette;
Que t'a-t'elle predit de ton futur espoux ?
Qu'il mangera ton bien, ou qu'il sera ialoux ?
Crains-tu d'estre batuë, estant en ton mesnage?
N'a-t'il pas bōne mine, en voit-on vn plus sage?
N'a-t'il pas dans la guerre, en cent occasions,
Fait cent braues exploits, cent belles actions ?
N'a-t'il pas plus de bien, n'a-t'il pas plus de
    rentes ?
Que n'en eurent iamais tes oncles, ny tes tantes?
Que nous n'en auons eu, ny ta mere, ny moy ?
Te faut-il vn Marquis, vn Duc, vn Prince, vn
    Roy ?
La jupe de brocard, & les riches dentelles,
Dont il t'a fait present, ne sont-elles pas belles?
Pouuoit-il rien trouuer de plus beau dans Paris?
Ne t'a-t'il pas donné quelques bagues de prix?
Tu brufles de le voir, au momēt qu'il s'absente,
Dés qu'il est reuenu, son retour te tourmente,
Tu ne fais que crier & seruante, & valets,
A-t'il à ta compagne escrit quelques poulets ?
Ces iolis billets doux, cét amoureux langage,
Dont il sceut te charmer durant son long
    voyage,

Que tu faisois coucher auec toy si souuent,
Se sont-ils éclipsez, n'est-ce plus que du vent?
Quel diable tourne ainsi ta ridicule teste ?
Est-il temps auiourd'huy de faire ainsi la beste?
Quand pour solemniser vn Hymen plein d'hon-
    neur,
Tout rit pour ton repos, tout rit pour ton bon-
    heur,
Quel pere, quels parens n'entreroient en furie ?
    FANCHON, *en le baisant.*
Ne vous couroucez point, mon papa, ie vous
    prie.   ARONTE.
Retire-toy de moy, folle, auec ton baiser,
Ie ne me laisse pas de la sorte abuser ;
Tu blesses mon honneur par ton lasche caprice.
    FANCHON.
Pardõnez-moy. papa, ce n'est point par malice;
Souffrez qu'auec respect i'embrasse vos genoux,
Et ne m'éloignez point si rudement de vous,
Laissez-moy viure fille, auecque mes voisines,
Et ne me donnez point ny de croix, ny d'épines;
Ie ne veux que vous seul pour Maistre & pour
    Seigneur ,
Ie méprise l'Amour, ce n'est qu'vn suborneur,
Vn beau feu, qui détruit les plus fortes ceruelles,
Renuoyez à Damon bagues, jupe & dentelles,
Ces riches ornemens sont pour moy superflus,
Ils ne me plaisent pas, puisqu'il ne me plaist
    plus.
Ne me soyez donc plus si rude & si seuere,
Ie vous en prie au nom de ma deffunte mere ;
Vous l'auez tant aimée, & vous m'aimez si fort,
Faites pour moy sur vous ce genereux effort,
Et ne me rendez point toute ma vie esclaue,

            A iiij

D'vn homme que ie hay, quoy qu'adroit, quoy
    que braue.
ARONTE.
Vit-on iamais vn pere à ce poinct affligé?
Qu'ay-je entendu, bons Dieux! l'ois-je? ou
    l'ay-je fongé?
Eſt-ce vn aueuglement, eſt-ce de la Magie?
FANCHON.
I'ignorois hier au foir fa genealogie.
ARONTE.
Ne fais point l'ignorante ainſi hors de faiſon:
Il eſt noſtre voiſin, tu connois fa Maiſon,
Ne te fouuient-il plus d'auoir veu feu fon pere?
Et ne ſçais-tu pas bien qu'Amerinte eſt fa mere?
FANCHON.
Ie parle d'efcurie.
ARONTE.
                    Eſt-ce qu'on a ietté
Sur l'attelage noir qu'il t'auoit acheté,
Quelque fort, qui l'oblige à nouuelle dépence,
Il eſt, au pis aller, d'autres cheuaux en France.
FANCHON.
Ie ſçay d'autres, raiſons.
ARONTE.
                    Où diantre as-tu pefché
Ce burlefque ſçauoir?
FANCHON.
                    C'eſt là tout mon peché.
ARONTE.
Volage, dis pluſtoſt, que c'eſt là ta folie:
Dieux! à qui deformais faut-il que ie t'allie?
Non ie ne penfe pas, tant eſt grand mon ennuy,
Qu'vn mal-heureux gougeat vouluſt d'elle au-
    iourd'huy.

MIS AV BILLON.

Mais encore apprends-moy d'où te vient ce
   caprice,
Sors-moy d'estonnement, fais-moy grace, ou
   iustice ;
Qui t'a fait conceuoir ce changement soudain?
D'où te naist pour Damon vn si cruel dédain ?
L'as-tu veu ce matin dans la Metamorphose ?

FANCHON.

Non, c'est qu'à ce matin on m'a dit quelque
   chose.

ARONTE.

Quoy? parle franchemét, tost, ie le veux sçauoir.

FANCHON.

Nul, plus que vous, papa, n'a sur moy de
   pouuoir ;
Mais, ce mesme pouuoir, que le Ciel autorise,
Ne me doit point forcer à dire vne sottise,
Obligeant au respect, quoy qu'on en soit pressé,
Quand l'honneur du prochain s'y trouue in-
   teressé.

ARONTE.

Par ce pouuoir diuin ie le veux, ie t'en somme.

FANCHON.

Papa, c'est que Damon n'est pas....

ARONTE,
              Quoy ? n'est pas homme ;
Qu'il est... tu m'entens bien, & qu'estant ton
   époux
Tu ne pourras gouster ce qu'amour a de doux.

FANCHON.

I'ignore le iargon qu'vn mot couuert exprime,

ARONTE.

Tout ton iargon pour moy n'a ny raison, ny
   rhime

Enfin j'éclatteray, ceſſe de m'ennuyer.
FANCHON.
Papa, c'eſt qu'il n'eſt pas,
ARONTE.
Dis donc viſte,
FANCHON.
Eſcuyer.
ARONTE.
Qu'il n'eſt pas Eſcuyer; quel ſentiment de balé;
Quoy! qu'il ne peut môter ny cheual ny cauale!
Ie n'oſe là-deſſus m'expliquer clairement.
FANCHON.
Vous ne comprenez pas quel eſt mon ſentiment;
C'eſt que de méchans ras ont troüé ſa caſſetté,
Rongé tous ſes papiers, le ſac & l'etiquette.
ARONTE.
Ie penſe que ces ras ont rongé ton cerueau,
Il a de la ceruelle auſſi peu qu'vn moineau:
A ce coup, ô grands Dieux, ma fille eſt inſenſée!
Pour iamais en guerir ſa teſte eſt trop bleſſée.
Ie n'ay plus de pouuoir d'écouter tes raiſons,
I'en ay veu de plus ſages aux petites-Maiſons;
Ie t'y feray mener auant que le iour paſſe.
FANCHON.
C'eſt trop d'honneur pour moy, papa, ie vous
rends grace.
ARONTE.
N'en penſe pas railler, ie te feray bien voir
Que ma paternité me donne ce pouuoir,
Que ie ſuis abſolu, que nul ne me controle.
FANCHON.
Puiſque vous le voulez ie paſſeray pour fole,
Mais non pas, en effet, pour eſprit mal guidé,
Ce poinct n'eſt pas encor tout à fait decidé;

Vn peu de iugement me reste, & me gouuerne,
Et quand ie ne voy goute, il me sert de lanterne.
ARONTE.
Obey, lanterniere, & ne conteste point
Sur la felicité d'vn si solide point:
Enfin ta resistance échaufferoit ma bile,
Et te feroit sentir que ma main est agile.
FANCHON.
Quoy! manquer de respect & d'amour pour
     Fanchon;
Que ie sois vostre fole, ou vostre folichon,
Vous ne pouuez, papa, vous monstrer si seuere.
ARONTE.
Ie veux, auant le soir, terminer cette affaire.
FANCHON.
Dans des chemins scabreux on ne court pas
     ainsi.
ARONTE.
Ah! c'est trop resister, coquine sors d'icy,
Oste de ma presence vn objet qui me tuë,
Qu'anime vne ame lasche, inconstante &
     tortuë;
Ie te feray bien prendre vn Conuent, ou Damon.
FANCHON.
Vous me ferez plustost épouser vn Demon.
ARONTE.
Quel conseil puis-je prendre, où tout me des-
     espere?
Il n'est pas Escuyer!

SCENE III.

ARONTE. AMERINTE.

AMERINTE.

Dieu vous gard, mon compere:
Ie m'en allois chez vous, vous sçauez mon
    dessein,
Mon fils me persecute, & voudroit que demain
Il vous pleust d'accomplir cette affaire impor-
    tante,
Qui depuis si long-téps, fait languir son attente;
Vn esprit amoureux n'a iamais de plaisir,
Si quelque doux espoir ne flatte son desir :
Puisque l'occasion fait qu'icy ie vous trouue,
Et que c'est vn côtract que vostre fille aprouue,
Ne laissons point morfõdre vne si belle ardeur,
Qui peut, de vos vieux ans, réchauffer la froi-
    deur,
Et nous faire reuiure en l'aimable lignée,
Que produira, sans doute, vn si noble Hymenée.
Allons donc, arrester vn accord bien-heureux,
Qui nous est fauorable, & commun auec eux.
Mais, d'où peut naistre en vous la tristesse
    profonde,
Qui terrasse vn esprit le plus gaillard du monde?
D'où vient que ie vous voy si pensif, si resueur?
                      Croyez

Croyez-vous que mon fils foit vn lafche, vn
    buueur ;
Qu'il ne merite pas l'honneur que vous luy
    faites ?
Cherchez pour fon repos de plus nobles def-
    faites.
Vous ne refpondez rien, mon compere, varlez,
Ne me déguifez pas au moins où vous allez ;
Concluons tout à l'heure, ou rompons noftre
    affaire,
Ce n'eft icy le lieu, ny le temps de fe taire,
De mon fils & de moy vous faites peu de cas.

    ARONTE, *Comme furpris.*

Madame, excufez moy, ie ne vous voyois pas.

     AMERINTE,

Vous ne me voyez pas, depuis plus d'vn quart
    d'heure
Que ie vous entretiens.

     ARONTE.

    Non, Madame, ou ie meure.

     AMERINTE.

Mais, comperé, à prefent que vous me pouuez
    voir,
Contez-moy vos chagrins, ie les dois tous
    fçauoir ;
Qui vous rend fi refueur, mon fils en eft-il caufe?
Eft-il à noftre fille arriué quelque chofe ?
Vous a-t'elle fafché, dites-moy vos raifons.

     ARONTE.

Ie la viens d'enuoyer aux petites-Maifons,
Et ie croy, que bien-toft, fi ie ne fuis plus fage,
I'y pourray bien pour moy faire vn pelerinage :
De plus longs entretiens font icy fuperflus,
Elle a perdu l'efprit, & moy ie n'en ay plus.

        B

AMERINTE.

Mon compere, arrestez, voltre discours m'of-
   fence,
Bien plus que iusqu'icy n'a fait voltre silence:
Ce n'elt pas de la sorte, & par des termes fous,
Que l'on se doit mocquer de gens faits comme
   nous,
Ne courez point si viste, encore vne parole;
Que concluez-vous donc, compere?

ARONTE.

               Qu'elle elt fole,

AMERINTE.

Dans l'eltrange surprise où ie me trouue icy,
Ne dois-je point penser que ie suis folle aulfi?
Dieux ! que dira mon fils, Dieux ! que luy
   puis-je dire ;
C'elt vn conte à mourir, mais ce n'elt pas de
   rire,
Il a sa palfion trop auant dans le cœur ;
Rien ne rebute tant qu'vn traitemét mocqueur,
Quand il vient de la part des personnes qu'on
   aime,
Et comme son amour, sa colere elt extréme ;
Il s'eltimoit tantost plus heureux que le Roy,
Dés ja l'impatient vient au deuant de moy.

SCENE IV.

DAMON. AMERINTE.

DAMON.

Est-ce à demain, Madame, iray-je à ma
    Maistresse,
Faire mes complimens, montrer mon alegresse,
Dérober, par auance, vn baiser sur son sein ?
L'accompagner au Temple, & luy donner la
    main ?
Auez-vous resolu la chose en telle sorte
Qu'elle m'ouure à toute heure & son cœur &
    sa porte ?
Iray-je de ce pas arrester les violons ?
Vous ne respondez rien, les momens me sont
    longs,
Et ie voy dans vos yeux vne tristesse sombre,
Qui me fait deuiner que ie ne tiés qu'vn ombre,
Qui s'échape à nos yeux, quand nous courons
    apres,
Est-ce là mon espoir, sont-ce là les aprés ?
Est-ce ainsi qu'vne mere au besoin me console?
Quoy, tout est-il rompu ?

AMERINTE.

        Vostre Maistresse est fole;
Et son pere, comme elle, est hors de son bon sens.

DAMON.

Vous nous tuez tous trois, par ces mots offensás:
Auez-vous veu le pere, auez-vous veu la fille?
Quel defordre impreueu trouble cette famille?
Ne nous donne t'on point de meilleures raifons?

AMERINTE.

Il la vient d'enuoyer aux petites-Maifons.

DAMON.

Si vous difiez encor, qu'en telle ou telle ville,
Mon aimable Fanchon va chercher vn azile,
Elle ne fçauroit eftre à prefent loing d'icy,
Ie l'irois enleuer.

AMERINTE.

                    N'en vfons pas ainfi:
N'attirez point fur vous cette mauuaife affaire.

DAMON.

Vous me faites mourir, que me faut-il donc
        faire?
Qu'iray-je confulter fur cét éuenement?
M'adrefferay-je au pere?

AMERINTE.

                    Il eft fans iugement.

DAMON.

Chercheray-je Fanchon?

AMERINTE.

                    Elle s'en eft allée.

DAMON.

Verray-je fa coufine?

AMERINTE.

                    Elle eft trop defolée;
Sa mere eft fort malade, on ne l'ofe aller voir.

DAMON.

Cét embaras d'efprit me met au defefpoir;
Encor faut-il fçauoir d'où ce mal-heur procede.

AMERINTE.

Ie ne vous puis donner ny conseil, ny remede,
Ménagez vostre amour côme vous l'entendez.

SCENE V.

LICIDAS. DAMON.

LICIDAS.

I'Apprens que pour demain les violons sont
    mandez
Et t'ayant veu de loin ie t'arreste au passage,
Pour te feliciter d'vn si beau mariage;
Tu ne m'en parois pas, toutefois plus content:
Mais, dans ces iours heureux, on ne l'est iamais
    tant,
Mille embaras d'esprit, de tracas domestiques,
Font que les plus heureux semblent melanco-
    liques.

DAMON,

Ie ne le semble pas, ie le suis en effet,
Et iamais mon plaisir ne peut estre parfait,
Tant à mes bons desirs la fortune s'oppose.

LICIDAS.

Mais, qui depuis hier peut en estre la cause?

DAMON.

Iene le sçaurois dire, il est vray cependant
Que mon bizarre amour en devient plus ardent,
Que rien ne m'adoucit, que rien ne m'...

B

Depuis que l'on m'a dit que ma Maiſtreſſe eſt
    fole,
Et que ſon pere meſme a perdu la raiſon.
                LICIDAS.

Qui peut te l'auoir dit, des gens de ſa maiſon?
                DAMON.

Le puis-je mieux ſçauoir, que de ma propre
    mere,
Qui vient tout de ce pas d'entretenir ſon pere?
                LICIDAS.

Amerinte radote, on t'en baille à garder;
Cette Dame eſt credule, il veut goguenarder,
Et parmy les Picards nul n'entend raillerie:
Ce refus t'a ſurpris.
                DAMON.
                    Ce n'eſt point mocquerie.
Ah, mon cher Licidas, que ie ſuis mal-heureux!
De grace permets-moy de faire vn tour chez
    eux,
I'apprendray le ſujet de ma melancholie.
                LICIDAS.
On n'apprend chez des foux qu'à gagner leur
    folie.
                DAMON.

Iray-je par vn autre éuenter mon ſecret?
                LICIDAS.

Allons-nous-en tous deux chez quelque amy
    diſcret.
                DAMON.
En cōnois-tu beaucoup de diſcrets dans la ville?
                LICIDAS.

I'en connois vn, au moins, qui paſſe pour habile,
Qui te conſeillera dans cette occaſion.

DAMON.

I'augmenteray ma honte & leur confusion,
Ie ne veux nulle part publier ma disgrace.

LICIDAS.

Nous sçaurons aisémét ce qui chez eux se passe,
Ses gens nous l'apprendront, allons sur le
 rempart ;
Il se pourra trouuer quelqu'vn d'eux quelque
 part,
Au mail, au jeu de paume, an billart, dans
 la ruë,
Nostre peine en tout cas ne peut estre perduë,
Puisque nous promenans, nous nous des-en-
 nuyrons.

DAMON,

Mon mal-heur me suiura par tout où nous
 irons,
Mais, mon cher Licidas, arrestons, tu me tuës;
Veux-tu que, comme vn fou, j'aille courir les
 ruës,
A dessein seulement d'augmenter ma douleur?
Ne vois je pas assez l'excez de mon mal-heur,
Que ie n'ay plus de place au cœur qu'on me
 dérobe.

LICIDAS.

Qui te le voleroit ?

DAMON.

 Qui ? l'homme à longue robe?
Ce damoiseau breteur, ce petit impudent,
Qui croit tout meriter dés qu'il est Président,
Receuray-je la loy d'vn Iuge de village ?

LICIDAS.

Pour t'arrester icy, tu n'en est pas plus sage.

DAMON.

Iamais dans mon tresor il n'aura nulle part;
Va, mon fidelle amy, l'appeller de ma part,
Ne suis-je pas certain, que durant mon absence,
Il a prés de Fanchon raualé ma naissance,
Qu'il a par tout raillé du prompt & bon succez,
Que j'espere à Paris auoir de mon procez?
Souffriray-je à mes yeux ses brauoures hautaines?
C'est à ces Presidens de nos Cours Souueraines,
Ces Arbitres fameux des Princes & des Roys,
A faire les Seigneurs, à nous donner des loix;
Quoy! ce petit galād qui ne vient que de naistre?

LICIDAS.

Ne t'emporte point tant, tu te plains d'vn peut-estre.

DAMON.

Non, ie n'en doute point, c'est luy seul, ie le croy,
Qui me veut détrosner d'vn cœur digne d'vn Roy;
Cette feinte folie est vn jeu qu'il inuente,
Il y pense gagner, détruisons son attente,
Ie veux, cher Licidas, m'égorger auec luy,
Fais-moy dōc la faueur que ce soit auiourd'huy.

LICIDAS.

Brusler tout à la fois d'amour & de colere,
C'est trop, il faut qu'enfin la raison te modere,
Viens, tu me conteras tes sentimens ailleurs,
Et te rendras aux miens, si tu les crois meilleurs.

Fin du premier Acte.

ACTE II.

SCENE I.

CELIMENE. FANCHON.

CELIMENE.

CHere couſine, enfin t'y voila reſoluë,
Et ma mere ſur toy ne peut eſtre abſoluë,
Nous ne danſerons point toy ny moy pour ce
coup.

FANCHON.

I'aime ma bonne tante, & l'honore beaucoup:
Ie ſçay bien à quel poinct ce bon cœur m'eſt
    fidelle,
L'honneur qu'elle me fait de me loger chez elle,
Quand mon pere me chaſſe, & ne me veut plus
    voir,
Elle a ſur ma perſonne vn abſolu pouuoir :
Mais je ſçay bien auſſi qu'elle auroit de la peine
De me voir vn mary pour qui j'ay de la haine;
Puiſque des plus grãds maux j'épouſe le dernier,
Si j'épouſe Damon, qui n'eſt pas Eſcuyer.

CELIMENE.

Mais que nous veux-tu dire, auec ton escutie?
Est-ce vn mot à la mode, est-ce vne raillerie?
Nous ne l'entendons pas ny ma mere, ny moy.

FANCHON.

C'est qu'on ne vous dit pas les volontez du Roy.

CELIMENE.

Ce mot ne se dit pas sur les bords la Somme.

FANCHON.

Escuyer signifie vn Noble, vn Gentil-homme,
Doit-on, à ton aduis, en faire peu de cas?

CELIMENE.

Non, mais Damon est Noble.

FANCHON.

            Il l'est, & ne l'est pas.

CELIMENE.

Peut-on bien accorder deux choses si contraires?

FANCHON.

Il n'a pû dans Paris acheuer ses affaires,
Il se trouue assigné parmy les Escuyers,
Et l'on croit que les rats ont mangé ses papiers,
Comment prouuera-t'il sa Gentil-hommerie,
Parmy des éueillez venus de Barbarie?
Qui s'inscriuent en faux, pour tourmenter les
      gens,
Contre de bons contracts fais depuis trois cens
      ans?
Qui les trouuent tous chauds, qui blasment l'es-
      criture,
La marque du papier, l'ancre, & la signature,
Qui, voyant la minute, estiment imposteurs,
Tabellions, Greffiers, & verificateurs:
Qui de deux mille mois arangez dans leur teste,
Sçauent quel iour daté fut, ou ne fut pas feste;

Gens, dont le moins habile est tout iuste asseuré
Cõbien de tous nos Roys chaque Regne a duré:
Qui mirent ces papiers au iour, à la chandelle,
Flairent le parchemin d'vne mine rebelle,
Contestent chaque mot, vne virgule, vn point;
Que produira Damon, si Damon n'en a point?
Que peut-il esperer, rien qu'vn Arrest infame,
Aurois-je du plaisir, si j'estois lors sa fame?
Aurois-je du plaisir de voir en ma maison
Vn Exempt, des Archers entrer en garnison?
Prendre iusqu'à mon lict, parler auec rudesse?
Degrader en public mon mary de Noblesse?
Trompeter sa vergogne au milieu d'vn marché?
Au coin d'vn carrefour voir l'Arrest affiché?
Leur voir rompre à mes yeux le timbre de ses
    Armes?
Se mocquer de mes cris, boufonner de mes
    larmes?
Voir enfin retentir la Chambre des Esleus
De son nom diffamé, peut-on en faire plus?
Si nous estions aux champs, souffrir que la
    canaille
Nous vint asseoir au sel, & nous mettre à la
    taille:
Si nous aimons la ville, estre au rang des bour-
    geois,
Dépendre incessamment de leurs brutales loix?
Aller, comme eux, en garde, & loger la milice,
S'il plaist au Magistrat d'exercer son caprice?
Qu'vn nouueau tous les ans nous fasse ainsi
    la loy?
Qu'vne je ne sçay qui piaffe deuant moy,
Qu'on luy porte la queuë, & que j'aille derriere,
Comme estãt de son train, comme sa chãbriere,

Qu'on ne m'ose porter ma jupe, & mon carreau,
Sans oüir prés de moy, Cela n'est gueres beau;
Voudrois-tu bien me voir dans ce honteux
　　tumulte ?

CELIMENE.

Iamais nul à Damon ne fera cét insulte;
On sçait qu'il a trop fait de belles actions.

FANCHON.

Peut-il justifier cinq filiations ?
Par bons dénombremés, contracts de matiage,
Testamens, vieux reliefs, & de Nobles partages?
Il en faut, cependant, de bons & de diuers,
Deust-on, pour les trouuer, passer landes &
　　mers :
Car, enfin, si le Prince à Bousseau ne s'oppose,
Escuyer & Phœnix vont estre meíme chose;
Il se trouuera peu de Nobles acheuez,
Hors quelques Cordons bleus, Ducs, & gens
　　releuez,
Vieux Comtes, vieux Marquis, vieux Maref-
　　chaux de France,
Encore épluche-t'on aujourd'huy leur naissáce.

CELIMENE.

Et de ces Messieurs-là tu veux qu'on t'en don-
　　ne vn ?

FANCHON.

Il s'en pourra trouuer quelques-vns du cómun,
Qui, joignans aux papiers, des amis, des pistoles,
Auront vn bon Arrest, ou de bonnes paroles;
Si toutefois amis, promesses, & ducats.
Peuuent fortifier de debiles contracts.

CELIMENE.

Me voila, grace à toy, parfaitement instruite,
Quel remede à cela ?

FANCHON.

FANCHON.

> Ie ne sçay que la fuite.

CELIMENE.

Le moyen de s'enfuïr, & de quitter son bien?
Donc le plus heureux Noble est celuy qui n'a
  rien.

FANCHON.

Si ce Noble n'a rien, & que l'Exempt l'attrape,
Il peut dans la prison luy marquer vne
  estape :
Or, l'enuie est icy dans vn excés si grand,
Que le plus estimé trahira son parent;
Que le fils se voyant plus poussé que son pere,
Dira du mal de luy, dénoncera son frere,
Fera trouuer en eux des sujets de mépris;
Il faudra bien souffrir ce qu'on souffre à Paris,
Où de tout le ressort, Bousseau seul les amene,
Côme pauures moutons, à qui l'on tond la laine;
Ou, comme ces pourceaux gras d'auoine, ou
  de glan,
Qui viennent au marché les derniers iours de
  l'an,
Et dont la plus grand part, prés de la boucherie
Sont jugez, quoy que sains, tachez de ladrerie;
Si l'on ne graisse vn peu les mains des lan-
  guayeurs,
Qui les font, en ce cas, passer pour les meilleurs,
Sas quoy ces animaux, quoy que vestus de soye,
Sont le rebut des gens, & valent moins qu'v-
  ne oye;
Il conclud, s'ils sont bons, ou ladres en effet,
Tastât aux vns la langue, aux autres le gousset,
S'ils sont vrays, s'ils sont faux, ces Nobles de
  village.

C

CELIMENE.

Nulle ne fut iamais plus sçauante à ton âge,
Qui t'en a tant appris ? en verité ie croy
Qu'vn Iuge, & qu'vn Traittant en sçauent
     moins que toy.

FANCHON.

La persecution, qui se fait dans la ville,
M'a, dans ce beau jargon, renduë assez habille,
Ie conois les Traitans, & tu sçais que chez nous
Il en hante souuét, plus qu'il n'en va chez vous;
Outre que Merindor, en reuenant du Temple,
M'en a fait ce matin vn discours assez ample,
Et pour mon interest j'ay si bien écouté,
Que je sçay mot pour mot tout ce qu'il m'a
     conté :
Quand quelqu'vn m'entretient d'auanture pa-
     reille,
I'aime bien mieux fermer la bouche que l'o-
     reille.

CELIMENE.

Ce sçauant Merindor est vn esprit ardent,
Et l'amy declaré d'vn certain President,
Qui, depuis si long-temps te conte des fleuretes.

FANCHON.

Tous ces côtes d'amour ne sont que des sornetes.

CELIMENE.

L'adroit qu'il est, pourtant, ne t'a fait ce sermó,
Que pour te détourner de penser à Damon.

FANCHON.

C'est vous, m'a-til conté, que cette affaire
     touche.

CELIMENE.

Pense-tu que son cœur parlé comme sa bouche?
Quoy qu'il en soit, cousine, il s'en faut deffier.

FANCHON.

Quoy qu'il en soit, cousine, il faut vn Escuyer,
Comme à ces braues gens, leur vingt ans de
    seruice,
Ne sont que des chansons chez Madame Iustice,
Qu'à leurs Certificas, leurs soins bien employez,
On respond, seulement, Le Roy vous a payez :
Que cette inexorable & fiere Cour des Aydes,
A leurs maux affligeans ne donne aucuns re-
    medes :
Quoy qu'ils soient sans enfans, dénuez de tout
    bien,
Qu'ils viuent en des lieux où le Roy ne prend
    rien,
Les ayant exemptez du Sel & de la Taille,
Et que jamais ce nom ne leur valust la maille ;
Si le cœur de Damon & sa fidelité
Ne peuuent l'asseurer d'en estre mieux traité :
Si les plus grands Heros à Paris sont Belistres,
Et tous percez de coups n'obtiennent rien sans
    tiltres,
Ses larmes, ses soûpirs, & son bel entretien,
Sur mon cœur resolu n'obtiendrôt jamais rien.
Ie voy venir mon pere, Adieu, je me retire,
Prens bien mes interests.

CELIMENE.

Ie sçay ce qu'il faut dire.

SCENE II.

ARONTE. CELIMENE.

ARONTE.

OV court ainsi ma niepce ?
####### CELIMENE.
Vn peu bien tard chez vous;
Mais je n'ay pû sortir plus matin de chez nous.
####### ARONTE.
L'entretien amoureux d'vne fille mal née
Vous a fait perdre ainsi toute la matinée.
####### CELIMENE.
Pardonnez-moy, mon oncle.
####### ARONTE.
Il a bien du pouuoir.
####### CELIMENE.
Ma seule negligence a blessé mon deuoir;
I'auois crû que ma mere y viédroit elle-mesme,
Vous rendre vne visite en ce desordre extréme;
Mais son peu de santé ne luy permettant pas,
Pour la mieux excuser, je double ainsi le pas.
####### ARONTE.
Les enfans d'à present ont des testes legeres,
Et s'estiment souuent plus sages que leurs peres;
L'amour ou la jeunesse, à l'âge de vingt ans,
Leur peint tous radoteux leurs plus proches
parens :

Rien n'est beau, rien n'est bon, s'il n'est fait à
　la mode,
Et tout ce qui nous plaist, toûjours les incom-
　mode :
Ma fille, plus qu'vne autre, est dans ce sentimét,
Elle croit estre belle, & riche extrémement,
Si je la veux modeste, elle veut estre braue,
Veux-je qu'elle obeïsse, on la traite en esclaue;
Depuis qu'elle est sans mere elle me fait la loy,
Et la galande prend trop d'empire sur moy.

CELIMENE.

Vne belle personne est vn peu plus altiere,
Quand elle se voit riche, & qu'elle est heritiere.

ARONTE.

Ie croy, pour l'adoucir, qu'il la faut marier ;
Est-elle encore fole, auec son Escuyer ?

CELIMENE.

Vostre haine, mon oncle, est comme vn coup
　de foudre,
Qui vient de l'aterrer, on ne la peut resoudre,
Elle est comme exilée en de funestes lieux,
Les sanglots dans le cœur, & les larmes aux
　yeux ;
I'en ferois bien autant, si j'estois en sa place.

ARONTE.

En ces occasions je crains fort la grimace ;
Ma fille est bien adroite, elle a l'art de ruser,
Et, par de feintes pleurs, peut bien vous abuser:
Mais, estant en sa place, auriez-vous l'insoléce
De vouloir, mal gré moy, choisir vne alliance?
Voudriez-vous choquer mes inclinations ?
Ne fléchiriez-vous pas à mes intentions ?

CELIMENE.

Si j'estois aussi belle, aussi riche, aussi fine,

Si jauois de l'esprit, comme en a ma cousine,
Et qu'il vous pleust, alors, de me laisser choisir,
Vn vaillant Escuyer feroit bien mon plaisir ;
Ie ne le cele pas, ma passion est telle,
Ie ne suis pas plus sage, ou moins sésible qu'elle.

ARONTE.

Est-tu désja chaussée au point qu'est mon oysó?
Elle a gagné ton cœur.

CELIMENE.

Ma cousine a raison.

ARONTE.

Ta cousine a raison ? raison de me déplaire ?

CELIMENE.

Ce n'est pas son dessein.

ARONTE.

Quoy donc ?

CELIMENE.

C'est son affaire:

Si son mary la bat, pour elle sont les coups,
Il n'en tombera pas le moindre éclat sur vous;
S'il reçoit quelque affront, elle en aura la
honte,
La femme porte tout, c'est toûjours pour son
compte ;
Ce n'est point vn oison, rien n'est plus aueré,
Elle a l'entendement tout à fait éclairé ;
Vous m'auoüyez tantost qu'elle est adroite &
fine.

ARONTE.

Ces belles qualitez ne sont que dans sa mine.
Elle est beste en effet.

CELIMENE.

Elle a l'esprit fort beau;
Mais ce petit couroux salit vostre pinceau.

ARONTE.

O! le sublime esprit, dont tu deffends la cause,
Qui veut, & ne veut pas, d'vn bien qu'on luy
    propose;
Voit-on dans vn oyson si peu d'entendement?

CELIMENE.

Quand ma cousine raille, ou fait vn complimét,
Quand je voy les respects, & l'amour qu'on luy
    porte,
Ie voudrois bien, mon oncle, estre oyson de la
    sorte.

ARONTE.

Ma sœur a donc aussi des sentimens pareils?
Ie ne m'estonne plus d'où viennent ces conseils;
Pauures gens, frere, sœur, niepce, insolente fille,
La folie a frappé toute vostre famille,
Triste contagion, qui gagne les esprits.

CELIMENE.

Mon oncle, à ce matin j'en ay beaucoup appris.
Les secrets de l'Estat sót pour vous lettres closes,
Vous pouuez quelquefois ignorer quelques
    choses.

ARONTE.

N'est-ce pas là mon conte, vn oncle n'est qu'vn
    fat,
Et la niepce s'erige en Ministre d'Estat;
L'amour donne à la fille vne science infuse,
Et son barbon de pere est tout juste vne buse:
Les Dieux en soient loüez, nous voila bien des
    foux,
A' l'entendre, à m'oüir, n'en tenons-nous pas
    tous?

CELIMENE.

Ie vous détromperois si je pouuois vous dire;

ARONTE.

Parle donc promptement, fais-moy pleurer,
ou rire.

CELIMENE.

On ne vous a jamais expliqué clairement,
Mon oncle, on vient vous faire vn nouueau
compliment ,
Il me faut, mal-gré moy, rengainer ma science.

SCENE III.

ARONTE. CELIMENE. LE PRESIDENT

LE PRESIDENT.

IE viens baiser la botte au papa, d'impor-
tance.

ARONTE.

C'est pour moy trop d'honneur, de me traitter
ainsi ;
Quel bon dessein, Monsieur, vous a conduit icy?

LE PRESIDENT.

I'ay ioye à vous le dire, & peine à vous le taire,

ARONTE.

Ie ne vous connois pas.

LE PRESIDENT.,
                       Ie suis fils de mon pere.

ARONTE, *à Celimene à part.*

Ma niepce, de quelle eau peut-il s'estre frotté?
Ie croy que c'est vn fou, je ne suis pas botté;

Ie ne voy prés de moy que folie, ou caprice,
Vous puis-je rendre icy, Monsieur, quelque
  seruice ?
LE PRESIDENT.
Le plus grand que jamais nul homme m'ait
  rendu.   CELIMENE.
Confiderez Monfieur, c'eft vn homme entédu;
Ne vous fouuient-il plus qu'autrefois au
  College
Vn certain Prefident, dans le temps de la neige,
Que tous deux à Cloris vous faifiez les yeux
  doux,
Que vous fuftes vn foir attrappé des filoux;
Vous nous en parliez tant, en contant vos fre-
  daines,
Ce Prefidét eft mort depuis quelques femaines,
Et c'eft Monfieur fon fils, qui prefentemét l'eft.
ARONTE.
Monfieur le Prefident, couurez-vous, s'il vous
  plaift.
LE PRESIDENT.
Ie fuis en mon deuoir.
ARONTE.
              Ie fçay voftre naiffance,
Si vous ne vous couurez, j'obferue le filence;
Ie ne veux point, Monfieur, vous feruir à demy :
Feu Monfieur voftre pere eftoit mon grád'amy,
Ie penfay mefme vn jour époufer voftre mere.
LE PRESIDENT.
Ie vous obey donc.
ARONTE.
              Monfieur, que puis-je faire ?
LE PRESIDENT.
Guerir le mal preffant de voftre feruiteur.

ARONTE.

Que ne suis-je à present vn bon Operateur !
Qu'est-ce ?

LE PRESIDENT.

L'amour que j'ay pour vostre aimable
fille :
Vous pouuez auec elle vnir nostre famille.

ARONTE.

Tres-volontiers, Monsieur, je la veux marier;
Mais dites-moy, de grace, estes-vous Escuyer?
La teste de ma fille est de ce mal frapée.

LE PRESIDENT.

Escuyer, proprement, est pour les gens d'espée,
Ma Charge est dans la Robe exēpte d'accident.

ARONTE.

Bon soir, & bonne nuict, Monsieur le President,
Ie ne vous puis seruir, l'Eternel vous console,
Vous y perdez fort peu, ma fille est vne fole.

LE PRESIDENT, *en rentrant.*

C'est que ce vieux barbon la voit des yeux d'vn
fou,
Ie le souhaite en l'eau l'Hyuer jusques au cou.

CELIMENE.

Vous l'auez mal traité,

ARONTE.

Ma fille en est la cause;
Pouuois-je le guerir, & luy dire autre chose ?
La fole m'a reduit à cette extremité.

CELIMENE.

Il faut à ces gens-là plus de ciuilitē ;
Vous auez des procez, vous auez des affaires,
Tout est perdu pour vous, quand ils vous sont
contraires :
Mon oncle, excusez-moy, si je vous parle ainsi,

Vous ſçauez mieux que moy comme on en vſe
    icy ;
Il vous ſouuient aſſez, par voſtre experience.
Combien impunément y regne la vengeance,
Soit pour la procedure, ou pour les Iugemens,
Tantoſt pour l'vſtencile, ou pour les logemens;
Que ſouuent le plus fort eſt contraint de ſe
    rendre,
Vne ſi longue guerre a bien peu vous appren-
    dre,
A quel point l'intereſt gouuerne les eſprits.
                ARONTE.
Toûjours, pour les procez, on appelle à Paris,
On s'y diuertit bien.
                CELIMENE.
            O Dieux ! c'eſt vn ſupplice.
                ARONTE.
C'eſt le vray Tribunal où ſe rend la Iuſtice.
                CELIMENE.
Quel tracas, quelle peine à la ſolliciter,
Quelle ſomme d'argent y faut-il debiter ?
Quelles ſoûmiſſions, combien de patiences,
Combien de pas perdus, combien de reuerences,
Que de mauuaiſes nuicts, de chagrins & de mal;
L'vn loge auprés du Temple, & l'autre à l'Ar-
    ſenal,
L'vn prés de Luxembourg, au fauxbourg ſaint
    Antoine,
Prés le Palais Royal, au Cardinal le Moine,
Au fauxbourg ſaint Michel, au fauxbourg ſaint
    Martin,
Peut-on ſe bien porter, ſe leuant ſi matin ?
Dans l'eternelle peur qu'vn caroſſe vous rouë,
Et le cœur infecté d'vne puante bouë.

ARONTE.

Cette odeur, je l'auoüe, altere le cerueau.

CELIMENE.

Quoy que ma mere & moy ne beuuions que de
l'eau,
Il falloit, bien souuent, quand nous estions
debiles,
Entrer au cabaret, parmy des ames viles,
Des preneurs de tabac, quelques gens de métier,
Manger vn pain molet, boire demy septier,
Nous reposer vn peu, sous pretexte de boire,
Retourner à d'instant par delà S. Magloire,
Reuenir au Palais, dans ces confuses voix,
Chez nostre Procureur aller plus de cent fois,
Esclairer tous ses clercs, son valet, sa seruante,
Chez nostre Rapporteur caresser la Suiuante,
Pour obliger Madame, à prier son épous.

ARONTE.

Enfin, apres midy vous reueniez chez vous,
Sans voir de pot au feu, ny d'écuelles lauées,
Encor qu'au point du jour vous vous fussiez
leuées.

CELIMENE.

Oüy, manger promptement quelque morceau
de chair,
Qu'vn hoste appreste mal, & qu'il vous vend
bien cher,
Retroter jusqu'au soir, coucher mal à son aise,
Dans vn lict infecté d'vne odeur de punaise;
Durant vn rude Hyuer se chauffer à demy,
Sortir auant le jour, le cœur tout endormy,
Se voir par des filous si matin dépoüillées,
Et deux fois en vn jour jusqu'à la peau moüil-
lées,

Vestir

Vestir son plus beau linge & tout sale & tout
    noir,
Qu'a déchiré Dame Anne à grands coups de
    batoir.
Voir ses habirs tachez de la noirceur des bouës,
Souffrir que des cheuaux en aspergent nos jouës,
En auoir sur le nez, en auoir sur les yeux;
Aller ainsi mouchée en la pluspart des lieux,
Où Monsieur l'Aduocat nous oblige à nous
    rendre,
Estre, pour l'y trouuer, quatre heures à l'at-
    tendre,
Mener ce mesme train durant cinq ou six ans:
Iugez si de la sorte on passe bien son temps.
Sans ces méchans procez maman m'auroit
    pourueuë,
Ie ne souffrirois pas maintenant à ma veuë
Celles qui deuant moy prés de nous ont le pas;
Elles ont des marys, & moy, je n'en ay pas.

ARONTE.

Ma niepce, il est certain qu'vne fille ajustée
Souffre auec déplaisir de se voir si crotée,
Qu'vne soliciteuse a de penibles soins,
Et que plus elle est sage, on la regarde moins;
Il est vray qu'au Palais, que dans ces grandes
    Sales,
On ne trouue que trop de personnes venales
Qui lassent les plaideurs, & surprénent la Cour.

CELIMENE.

Laissons-là les procés, reuenons à l'amour.

ARONTE.

C'est vn jeu qui vous plaist.

CELIMENE.

            Il me plaist comme aux autres.
                        D

ARONTE.

Le soir & le matin ce sont vos Patenostres,
Il ne faut pas, ma niepce, en faire tant de cas.

CELIMENE.

Vous raisonnez fort bien, mais vous ne sçauez
    pas,
Qu'estre si long-temps fille est vn mal incom-
    mode,
La beauté qui vieillit ne peut estre à la mode,
Si le secours d'Hymen ne la vient rajeunir,
Et ma cousine & moy voudrions bien l'obtenir,
Mon oncle, il ne faut pas nous refuser le vostre,
Parce qu'vn Escuyer nous plairoit plus qu'vn
    autre :
Ah ! j'auois à vous dire, à propos d'Escuyer,
Voicy quelqu'vn encor qui vous vient ennuyer;
C'est vn Parisien, natif de cette ville,
A dompter des cheuaux l'homme le plus habile,
Le fils de Clidamor, que vous auez connû.

SCENE IV.

ARONTE. CELIMENE. CLIDAMOR.

ARONTE

G Enereux Clidamor, soyez le bien-venu,
Chacun de temps en temps [illegible] la
    patrie.

CLIDAMOR.

Vne chofe à cela, pour ce coup m'y conuie;
I'y vins pour recueillir vne fucceffion,
D'vn oncle qui m'aimoit, & dont l'affection
M'a fait de tout fon bien l'vnique legataire.

ARONTE.

Monfieur, voftre voyage eftoit fort neceffaire.

CLIDAMOR.

Ie voudrois bien, pourtant, m'en retourner de-
    main ,
Ie tiens Academie au fauxbourg S. Germain,
A mille pas au plus du pont des Tuilleries,
I'y fuis fort bien logé, j'ay là quatre écuries,
Qu'occupent des cheuaux les meilleurs de Paris;
I'ay d'excellés fauteurs, & des barbes fans prix;
I'ay mon beau cheual Turc, ma cauale Ifabelle,
Le paflan, trois bez bruns, le roüan, l'hirondelle;
I'ay mõ cheual Hõgrois, j'ay mõ grãd paffebel,
Qui me fit tant paroiftre au dernier Caroufel,
Et dont le Prince Armant m'offrit mille piftoles,
Quand il le vit fous moy faire cent caprioles ;
I'ay celuy dont la queuë eft de couleur de feu,
I'ay mon gris pommelé, dont la robe a du bleu,
Et que pour ce fujet j'ay nommé porcelaine,
C'eft vn cheual qui fait toute école fans peine;
I'ay mon blanc à crains noirs, deux fort beaux
    guilledins,
Iamais dans l'Angleterre on n'en vit de plus
    fins ,
Trois coureurs bien ouuerts qui font cinq cens
    courbettes,
I'en ay deux furieux, je leur mets des lunettes,
Nul Efcuyer que moy n'oferoit les monter ;
Auffi nul ne fçait mieux l'art de les bien dõpter;

I'en ay qui font paſſade, & qui vont ſur les
    voltes,
I'en ay deux que l'on prit aux dernieres re-
    uoltes,
Que fit le Margageois contre ſon Souuerain,
Qu'vn eſprit folet penſe, & dont il fait le crain;
I'en ay qu'on penſe au jour, d'autres qu'on penſe
    à l'ombre;
I'ay dix pallefreniers, j'ay des valets ſans nõbre,
Des mors, des caueçons, des ſelles, des filets,
Houſſes en broderie, & force chapelets;
Mon manege eſt fort beau, ma carriere admi-
    rable,
I'ay ſoixãte Seigneurs tous les iours à ma table.
ARONTE.
Cette table eſt bien grande, ô Dieux !
CLIDAMOR.
               Ils ſont autant,
Chacun d'eux m'obeït, chacun d'eux eſt contẽt,
Bien que par fois ſur eux ma chambriere jouë,
Qu'vn cheual les culbute, ou biẽ qu'il les ſecouë,
Ie croy, s'il plaiſt au Ciel de benir mon deſtin,
Mettre à cheual bien-toſt Monſeigneur le Dau-
    phin :
I'ay deux braues Creas, qui partagent ma peine,
Qui dans ce grand trauail font que je prens ha-
    leine,
I'ay de petits cheuaux bez, clairs, noirs, alezans,
Sur qui je cours la bague auec mes jeunes gens,
Ie l'emporte touſiours, & ſuis ſans concurrence,
De tous les Eſcuyers le plus adroit de France :
Enfin dans ce tracas, dont tout autre auroit peur,
Ie ſuis toûjours égal, toûjours de bonne hu-
    meur.

SCENE V.

ARONTE. CELIMENE. CLI-DAMOR. LE LAQVAIS.

LE LAQVAIS.

MOnſieur, maiſtre Garel, ne fait point voſtre ſelle ;
Il ne ſe ſouuient plus . . . . .

CLIDAMOR.

O ! la pauure ceruelle.
On ne peut nulle part, ſans ſoin rien pratiquer,
Ie pretends que le corps ſoit à demy piquer,
Ie veux des arçons neufs d'excellent, bois de
beſtre,
Colez, neruez, bandez, le mieux qu'ils peuuent
l'eſtre ,
Couuerts du meilleur cuir que l'on courroye
icy ;
I'entends que les cartiers ſoiět de fort bon rouſſi,
Ie les veux bien doublez, que chaque longue
bande ,
Pour monter les arçons, ſoit de fer de Holande,
Qu'il la garniſſe bien de forts contre-ſangleaux,
Qu'ilembourre de crin, le ſiege, & les panneaux,
Et que la houſſe ſoit d'vne laine épluchée,
Vn peu ſur les coſtez, & le ſiege embourrée,

D'vn velours à trois poils, qui ſoit verd, bon
   & beau,
L'entends auoir le ſiege & la houſſe de veau,
Que de ſerge d'Aumale auſſi verte il la double;
Monſieur, excuſez-moy, ſi mon Laquais vous
   trouble.
ARONTE.
Faites en liberté.
CLIDAMOR, *à Celimene*.
             Ie vous en prie auſſi.
Ie veux des chaperons d'vn excellent rouſſi,
Picquez à quatre rangs d'vne tres-belle ſoye
De couleur de vert gay; j'aime par tout la joye,
Parez d'vn maroquin le plus beau du Leuant:
Pour découurir au vray ce qu'icy tout ſe vend,
I'ay gagné les valets de mon hoſtellerie
Qu'eſtriuieres, licou, ſoient de cuir de Hongrie.
LE LAQVAIS.
Et la longe ?
CLIDAMOR.
         Pareille, attens, je veux auoir
B ride & poitrail montez d'vn cuir baudroyé
   noir,
La croupiere de meſme à la ſelle attachée,
Qu'elle me ſoit demain de bonne heure aportée;
Enfin ie veux auoir des boucles, des harnois
Du plus excellent cuir que tannent les An-
   glois;
Que de mes piſtolets chaque fourean s'attache
D'vne bonne courtoye, & qui jamais ne
   laſche;
I'eſpere auoir le tout pour moins de trête frãcs;
On nous trompe à Paris, les Picards ſont plus
   francs.

ARONTE.

Ainsi vous ménagez, allant par la campagne.

CLIDAMOR.

Il ne me manque plus qu'vne belle compagne;
Vous auez vne fille, il ne tiendra qu'à vous,
Que je ne sois demain son legitime époux ;
Vous ne verrez chez moy que joye & que liesse,
I'ay dequoy vous loger, & cette aimable niepce;
Et s'il vous plaist, Monsieur, vous côfier en moy
Ie vous feray bien-tost Escuyer chez le Roy.

ARONTE.

I'y consens volontiers, la charge en est fort
    bonne,
Ma fille vous est hoc, Monsieur, je vous la dône,
Ie vais tout de ce pas l'y faire consentir,
Venez nous visiter, auant que de partir.
Ie veux estre Escuyer, ma niepce.

CELIMENE.

                    A la bonne heure.

ARONTE.

Le quartier est aimable, où Clidamor demeure:
Ce sont des Escuyers, tous ces jeunes Seigneurs,
Ie-t'en veux donner vn beau, braue, & des meil-
    leurs.

CELIMENE.

Vous me ferez plaisir.

ARONTE.

                    Allons donc voir ma fille.
Il luy faut pardonner, c'est l'heur de la famille;
Ie m'en vais repeter mes danses dés ce soir,
Pour mettre tout en train, quand il nous vien-
    dra voir.

Fin du second Acte.

ACTE III.

SCENE I.

ARONTE. FANCHON.

FANCHON.

Bien que ma volonté soit sousmise à la vostre,
Ie ne puis pour épous accepter l'vn ny l'autre.

ARONTE.

Refuser vn party de tout le monde aimé,
L'homme le plus parfait que le Ciel ait formé,
Qui te feroit marcher la premiere à l'Offrande;
Est-il vne foiblesse & plus sotte & plus grande?
Vn braue President qui meurt pour toy d'amour,
Chez qui Grands & Petits t'iroient faire la
  Cour.

FANCHON.

Me deust il éleuer plus haut qu'vne Sultane,
La robe me deplaist, je hay trop la soustane,
I'ay trop d'auersion pour son bonnet carré.

ARONTE.

L'autre a d'or & d'argent son habit chamarré;

Il ne faut pas, ma fille, estre si dédaigneuse,
Choquer les gens d'honneur, faire la precieuse,
L'amour de Clidamor brille en ses yeux ardens,
Et quand il court la bague il met toûjours de-
      dans ;
C'est vn homme estimé dans toutes les Pro-
      uinces,
Qui te fera hanter chez les Roys, & les Princes,
Carosses & cheuaux ne te manqueront pas,
Pour t'aller diuertir, par tout où tu voudras.

FANCHON.

Tous ces cheuaux de prix, ce manege si rare,
Dont Clidamor icy vous vient faire fanfare,
Ces soixante Seigneurs, ce nombre de valets,
Ces mors, ces caueçons, & tous ces chapelets,
Ne sont rien, mon papa, que de belles guenilles ;
C'est en vain qu'il pretend me vendre ses co-
      quilles,
On m'en a dit assez, pour me desabuser,
S'il vous semble si beau, vous pouuez l'épouser ;
Pour moy, mon cher papa, je suis assez côtente,
D'auoir chez vous l'honneur d'estre vostre ser-
      uante,
Rien ne me doit contraindre à me mal marier,
Ie ne pourrois souffrir vn Monsieur l'Escuyer,
Qui tous les jours s'occupe à dresser vne beste ;
I'aurois peur qu'à la fin il ne se mist en teste,
De me vouloir dompter comme il dompte vn
      cheual,
Et que ses esperons ne me fissent du mal ;
Qu'il ne chaussast enfin son humeur écuyere,
Pour me faire troter auec sa chambriere.

ARONTE.

N'en es-tu pas désja jalouse auant le temps?

FANCHON.

Vous ne m'entendez pas, ainſi que ie m'entens,
Le ſtile d'Eſcuyer eſt vn ſtile équiuoque,
Et ſa ſeule perſonne eſt tout ce qui me choque,
Il eſt vray que ie haï ce nombre de valets,
Que ma deuotion veut d'autres chapelets.

ARONTE.

O ! la belle deuote, ô la douce pucelle,
De qui les méchans rats ont rongé la ceruelle,
Et qui, nous proteſtant qu'elle a l'eſprit ſouſmis,
Fais enrager icy pere, parens, amis.

FANCHON.

Ah ! ne m'accuſez point de ſemblables rudeſſes,
Pour n'aimer pas des gens, dont toutes les ca-
reſſes
Sont de brider, picquer, froter, & d'eſtriller.

ARONTE.

Fole, ie l'ay promis, ceſſe de babiller,
Clidamor va venir, j'ay donné ma parole.

FANCHON.

Ie ſuis bien folichon, mais ie ne ſuis pas fole;
Ce braue Clidamor n'eſt rien qu'vn maquignõ.

ARONTE.

C'eſt Monſieur l'Eſcuyer,

FANCHON.

L'Eſcuyer champignon,
Puiſqu'vne ſeule nuict l'a tiré de la terre,
Ce ſont gens qu'à Paris on caſſe comme verre;
On les frôie à preſent, ils ſont plus mal-traitez,
Que ſi contre leur Prince ils s'eſtoient reuoltez;
Ils ont beau publier leurs genereux faits d'ar-
mes,
Qu'ils ont paſſé leur vie au milieu des alarmes,
Alleguer que la guerre a bruſlé leur Chaſteau;

Que leurs meilleurs papiers sont tombez de-
  dans l'eau,
Et mesme dans la mer, passant le pont de brique,
En chercher à Paris de nouuelle fabrique;
Soustenir hautement que les plus anciens
Furent pris, ou bruslez au siege d'Amiens;
Ou qu'Arnantel en fit des bouchons à bouteilles,
Que leurs predecesseurs y firent des merueilles;
Que sans la trahison de ces méchantes noix,
Chacun d'eux au côbat eust valu plus que trois;
Qu'au siege de Calais leur coffre fit nauffrage,
Que quand Doullens fut pris, on en mit au pil-
  lage,
Maistre Thomas Bousseau les empeschera bien,
De sauuer finement leur honneur, ny leur bien:
Ce Gascon, qui sans tiltre, à sa valeur s'attache,
Dont vn coup de canon à grillé la moustache,
Et qui prit seulement qualité d'Escuyer,
Au contract d'achat fait par vn chauderonnier,
De quelques chauderons gasconnez dans l'ar-
  mée,
Verra sa qualité se reduire en fumée.

ARONTE.

Ce genereux Gascon n'est pas ton fauory,
Tu le traites trop mal.

FANCHON.

               Il est vray que j'ay ry:
Quand le gay Merindor m'a conté l'auanture
De ce braue Gascon, Noble à simple tonsure,
Tel qui pense échaper, en comptant ses ayeux,
Comptera les pauez de la salle des Dieux,
Au Iugement de qui son affaire est remise,
Il y pourra manger iusques à sa chemise,
S'il ne va composer auec son ennemy,

Ciuil, mais, fans argent, plus qu'vn diable &
　demy :
Quelqu'vn de fes parés eft tombé dans l'abyfme,
Prenant vne recepte, ou volant vne dixme,
Tels ont voulu changer quelque lettre à leur
　nom,
Pour fe montrer iffus de races de renom :
Mais ce fin à dorer, cet argus fans lunettes,
En va faire bien-toft des crieurs d'allumettes;
Ce mal-heureux Sourdaut, qu'vn Notaire a
　furpris,
Et qui n'entendit pas le tiltre qu'il a pris,
Qui jure auoir figné fon contract à veuglette,
Ne fçauroit en fortir que poche ou bourfe nette.
On les va tous dauber d'vne eftrange façon;
Celuy qui veut paffer pour vn Duc d'Alençon,
Ne fera dans trois iours qu'vn vendeur de vin-
　aigre,
Sa mine eft éuentée, il eft défja tout maigre;
La courante luy prit, arriuant à Paris,
Buuant de l'eau de Seine, & du foin qu'il a pris,
De fe voir au mois d'Aouft chez luy fi necef-
　faire,
De laiffer à fes gens tout fon ménage à faire,
Tel en a pris la goutte, & ne boit plus fon fou,
Tel en d'autres pays en eft deuenu fou :
Ainfi dàns tous endroits tous les braues fouf-
　pirent,
Et de ce mauuais pas peu d'amis les retirent.

ARONTE.

Quel diable de jargon vas-tu recommencer?

FANCHON.

Plus on penfe à cela, plus on y veut penfer;
Chacun profne fa race, & vante fa Nobleffe,
Nul

Nul d'eux n'ose en public dire où le bas le blesse,
Nul ne veut confier à ses meilleurs amis,
Vn attentat si noir, qu'eux-mesmes ont commis.

ARONTE.

Ie t'entends aussi peu que j'entends le Grimoire,
As-tu leu ce matin des Romans, quelque hi-
stoire ?
Qui trouble ta ceruelle & la fait déuoyer.

FANCHON.

Voicy venir quelqu'vn, il semble vn Escuyer.

ARONTE.

Qui ? le connois-tu bien ? faut-il encor l'entendre ?

FANCHON.

Il est de ce pays, c'est vn nommé Lisandre,
Le fils d'vn Receueur, en biens assez puissant,
Qui suit le Prince Alphonse, & qu'on voit en
passant.

SCENE II.

ARONTE. FANCHON. LISANDRE.

LISANDRE.

OBligeant citoyen d'vne ville fidelle,
Dont la sage conduite, & le genereux zele,
Deuroient vous éleuer aux plus nobles emplois,
Ie vous viés rédre icy l'hōneur que ie vous dois,

E

Et demander celuy d'estre en vostre alliance,
Auec cette beauté la plus rare de France.

ARONTE.

Ie ne veux point d'vn gendre, à moins d'vn
    Escuyer.

LISANDRE.

Ie suis celuy d'vn Prince, & de plus le premier;
I'ay l'honneur d'estre encor celuy de la Prin-
    cesse,
Qu'elle aille au bal, au cours, en visite, à la
    Messe,
C'est à moy sur tout autre, à luy dõner la main.

FANCHON, à part.

C'est, à l'oüir parler, vn petit Souuerain.

LISANDRE.

Ie dispose de tout, dans leur grande écurie,
Leurs pages, leurs laquais sont de ma seigneurie,
Cochers, palefreniers fléchissent sous ma loy,
Et carosse & caléche y dépendent de moy,
Et nul de leurs cheuaux ne marchent sans mon
    ordre.

FANCHON, à part.

Nul d'eux n'ose, sans luy, ruer, hannir, ny
    mordre.

ARONTE.

Rien dans ce beau garçon ne peut-il te charmer?

FANCHON.

On dit qu'il faut cõnoistre auparauant d'aimer,
Ie ne puis, mon papa, faire vne autre réponse.

LISANDRE.

Ie suis vn peu pressé, demain le Prince Alphonse
S'en retourne à Paris, & m'emmene auec luy.

FANCHON.

Ie ne suis pas, Mõsieur, preste pour aujourd'huy,

ARONTE.

Vovs pourrez sur le soir auoir de mes nouuelles;
Qu'en dites-vous, ma fille ? il a les mains fort
　telles :
Ce petit ornement ne déplaist pas à voir,
Quand on　touche vne fille auprés de son mou-
　choir.

FANCHON.

Il faut qu'il ait la main aussi douce que soye,
Pour porter sur le poing ces beaux oyseaux de
　proye,　　　　ARONTE.
Railleuse, àquel propos me dites-vous cela?
C'est vn double Escuyer.

FANCHON

　　　　　　　　Escuyer quinola;
Le meneur de Madame, ou Comtesse, ou Mar-
　quise,
Voila deux qualitez qu'Escuyer autorise.

ARONTE.

Pourquoy donc Escuyer te charme-t'il si fort?

FANCHON.

Le mien & celuy-cy n'ont entr'eux nul rapport;
Si vous entriez　chez luy voudriez-vous en-
　tendre
Crier de la fenestre, Où va ce sot Lisandre ?
Cocher, page, laquais, palefrenier brutal,
Appellez mon meneux, je veux aller au bal,
Les cheuaux au carosse, en diligence, fille,
Mon loup, mes gans, ma coiffe, aussi-tost cha-
　cun drille ;
Et mon pauure Escuyer à pas longs & pressans,
Court l'espée au costé, les deux mains dans ses
　gans ;
Car il n'ose à main nuë approcher de la Dame,

　　　　　　　　　　E ij

Si d'vn peu de tendreſſe il n'a touché ſon ame;
On rebute autrement la main de l'Eſcuyer,
Elle veut ſur ſon bras ſeulement s'appuyer ;
Il la mene au Palais, ou chez vne accouchée,
Il picque vn tabouret toute vne apreſdinée,
Si ce n'eſt par bon-heur, qu'il cauſe vne heure
    ou deux
Auec quelque ſoubrette, ou biē d'autres meneux
Voila voſtre Eſcuyer, & tout ſon exercice.

ARONTE.

Ie ſuis plus que jamais vaincu par ton caprice.

FANCHON.

Cependant, mon papa, ce Liſandre vous plaiſt,
Auec ſes belles mains, tout jocrice qu'il eſt ;
Quand j'auray des cheuaux, il ſera neceſſaire,
Vous m'en donnerez ſix, auec vn volontaire,
Auec vn beau caroſſe, il faut trois Eſcuyers;
Vn qui dompte cheuaux, cochers, palefreniers,
Vn qui me mene ou cours, en viſite, à la Meſſe,
Le ſeul Eſcuyer Noble obtiendra ma tendreſſe,
Quand le Ciel & papa l'ordonneront ainſi ;
I'en crains vn quatriéme, ah ! bons Dieux, le
    voicy ;
I'ay de ces Eſcuyers la teſte toute pleine,
Quelle ſotte auenture auprés de nous l'ameine?
Ce n'eſt point mon ragouſt qu'vn oblat d'Eſ-
    cuyer ;
Que ne va-t'il ſeruir à Paris ſon quartier ?
Parce qu'il eſt au Roy, je n'oſe luy déplaire,
Mais il croit m'enjeoler, en enjeolant mon pere,
Et vient aſſeurément, pour luy parler de moy.

SCENE III.

ARONTE. FANCHON. BERTRAND.

BERTRAND.

IE suis vn Escuyer de la maison du Roy,
Qui touché des beautez de cette aimable fille,
M'estimerois heureux d'entrer dans sa famille.

ARONTE.

Quand on parle du Prince, & de ses Officiers,
On ne doute de rien, ils sont vrays Escuyers ;
A ce coup, mon enfant, il te faudra resoudre,
De tez pechez passez l'amour te veut absoudre;
On voit aux gens du Roy de bonnes qualitez.

BERTRAND.

Ie la meneray voir disner leurs Majestez.

FANCHON.

Môsieur j'ay désja veu des bateaux sur la Seine,
Iacquemart à S. Paul, & la Samaritaine,
I'ay passé dans Paris presque tout vn Hyuer,
On m'a fait compliment à la place Maubert,
I'ay veu la place aux veaux, le port au foin, la
  hale,
Et le cheual de bronze à la place Royale.

BERTRAND.

Vous aurez bien au Louure vn plus charmant
  plaisir.

FANCHON.

Nous en pourrons parler auec plus de loisir:
Pour maintenant, Monsieur, je n'ay rien à
   vous dire.

BERTRAND.

Attendant ce loisir, Monsieur, je me retire.

ARONTE.

Ces diables d'Escuyers me feront enrager ;
Ie ne sçay tantost plus que dire, & que songer;
Ces gens, qui pensent creux, font, dans leurs
   resueries,
Des chasteaux en Espagne, & moy des écuries;
Si je sçay bien encor calculer sur mes dois,
I'en conte vn, deux, trois, quatre, & cinq mis à
   ton choix,
Pas vn d'eux ne te plaist, nul d'eux ne t'accom-
   mode ;
Ne t'en puis-je trouuer vn qui soit à la mode?
Laquais, va promptement, cours dans tous les
   quartiers ,
Que je sçache aujourd'huy qui vend des Es-
   cuyers.

FANCHON.

Mon laquais n'est pas là, vous parlez à vostre
   ombre.

ARONTE.

Ce tracas d'Escuyers rend mon esprit tout som-
   re ;
N'ay-je pas-là quelqu'vn ? encor faut-il sça-
   uoir
Qui vend des Escuyers, il en faut bien auoir,
Ie t'en veux donner vn, fust-il de pain d'épice.

FANCHON.

Il m'en faut vn qui parle, & qui soit de seruice.

ARONTE.

Ie le commanderay tel que tu le voudras,
Et s'il te peut seruir, ventrebleu tu l'auras;
Ie te veux faire voir où va ma complaisance;
Mais raisonnons vn peu sur ton extrauagance;
Cét Officier du Roy, qui sort presentement,
Ne sçait-il pas parler, est-il sans mouuement?
N'est-il pas vigoureux, n'a-t'il pas bonne mine?
N'est-il pas Escuyer ?

FANCHON-

Escuyer de cuisine,
Tel que l'Escuyer Paul, l'Escuyer Mathurin,
L'Escuyer Cristoflet, l'Escuyer Tabarin,
Ou l'Escuyer Bertrand, c'est ainsi qu'on l'ap-
    pelle,
La qualité, papa, vous paroist assez belle,
Leur femmes à Paris lauent leurs chauderons;
Si la chose vous plaist, mon papa, nous irons,
Ces sales marmitôs, que vous pourrez cônoistre,
Sont Monsieur l'Escuyer, ou bien Monsieur le
    Maistre ;
L'vn sera mon neueu, l'vn sera mon cousin,
L'autre mon camarade, & l'autre mon voisin.

ARONTE.

Ie ne puis plus oüir les fatras que tu contes.

FANCHON

Il est des Escuyers, ainsi qu'il est des contes,
On voit vn conte borgne, vn conte de vielleus,
Conte à dormir debout, sots contes, contes bleus;
Certains contes de vieille, & des contes pour
    rire ,
Des contes violets, qui sentent la Satyre ,
Des contes sogrenus de Reynes & de Roys,
Comtes neufs, que Bousseau veut sousmettre à
    ses loix ;   E iiij

Des contes verdemers, ou de ma mere l'oye,
Mille contes piteux, surnommez Rabat-joye,
Comptes de reuenus que rendent les Fermiers,
Comtes de qualité, qui sont vrays Escuyers;
Et cependant, papa, tous sont contes en France,
Rien qu'vne seule lettre y met la difference.

ARONTE.

Quels contes tu me fais, en verité je croy
Que tu pourrois passer pour la fole du Roy;
I'oy des gens prés de moy qui de rire en éclattét,

FANCHON.

Sauuons-nous, mon papa, ce sont gens qui se
    battent;
O Dieux! ils ont tous deux vne espée à la main,
Suiuez moy promptement.

SCENE IV.

DAMON. CLIDAMOR. LICIDAS.

DAMON.

Tv recules en vain,
Traistre, je t'apprendray que Fanchon t'est
    fatale,
Que tu n'es rien qu'au rang des Escuyers de bale,
Quil ne t'appartient pas de posseder vn bien,
Que mes soins m'ont acquis, où tu n'eus jamais
    rien;
Demande-moy pardon, de ton effronterie,

Ne nous separe point, Licidas, je te prie,
Tu me ferois mourir.
CLIDAMOR.
Ie demande quartier.
DAMON.
Rends-moy donc ton espée, auec ton baudrier,
Desarme-toy toy-mesme, & confesse à ma
gloire,
Qu'à moy seul appartiét Fanchon & la victoire.
CLIDAMOR.
Laisse-moy mon espée.
DAMON.
Aimes-tu mieux mourir?
CLIDAMOR.
Il faut tout accorder, plustost que de perir.
LICIDAS.
Quel desordre est-ce cy? d'où vient vn tel va-
carme?
Tu l'as fort mal-traitté.
DAMON.
C'est luy qui me desarme;
Luy, qui me vient voler mon bien & mon
bon-heur,
Qui me veut arracher & la vie & l'honneur;
Luy qui, n'ignorant pas jusqu'où l'amour
m'engage,
Demande effrontément Fanchon en mariage,
Me veux-tu voir souffrir vn pareil traitement?
LICIDAS.
I'eusse voulu te voir t'en vanger autrement.
Damon, la paix est faite, & le Prince en puis-
sance
De se faire obeïr jusqu'aux bouts de la France;
Il te souuient assez de ces Edits cruels,

Que ce victorieux fait contre les Duels,
Si l'on doit appeller de ce nom temeraire,
Les plus justes Edits qu'on ait pû jamais faire,
Qu'autorisent les Dieux, & qu'aprouue la Cour.

DAMON.

L'autorité des Roys ne peut rien sur l'amour,
Leur Majesté Royale a ses loix est sousmise,
Et comme leur sujete en ses filets est prise ;
On veut m'oster la vie, il est toûjours permis
De deffendre son sang contre ses ennemis:
Ce n'est qu'vne rencontre, on ne me peut rien
      dire,
Il n'est blessé, ny mort, c'est vn conte pour rire,
Et qui diuertira les soixante Seigneurs,
Quand ils sçauront qu'icy l'on luy rend ces
      honneurs.

LICIDAS.

Qui t'a si bien dépeint sa valeur, & son stile?

DAMON,

Ne sçais-je pas toûjours ce qu'on dit par la
      ville ?
Et cét exploit d'amour peut-il m'estre caché?

LICIDAS.

Tu parois à Fanchon fortement attaché,
Puisque sa folle teste, & celle de son pere,
Ne sçauroient adoucir ton ardente colere.

DAMON.

I'aime la pauure fille en tel estat qu'elle est,
Fanchon sage me plût, Fanchon fole me plaist,
Et j'aurois dans mon ame vne joye infinie,
De pouuoir de mon sang guerir sa maladie,
Ie n'ay pû d'aujourd'huy luy parler ny la voir.

LICIDAS.

Tu pourras posseder ce bon-heur sur le soir,

Et mesme la trouuer plus ciuile, & moins sotte,
Que ne dit, ou ne croit, ce barbon à marotte.

DAMON.

Ie le veux esperer, l'apparence, en effet,
Qu'vn instant trouble ainsi ce cerueau si bien
 fait ?

LICIDAS.

Mais, on voit dans ta main vne seconde épée,
Cette ville à médire ardemment occupée,
Ira prosner par tout que je suis ton second,
Et nous attaquera de volée, ou de bond ;
Vn combat maintenant est d'extréme impor-
 tance,
Si la verité blesse, aussi fait l'apparence,
Sortons de cette place, il nous faut enuoyer
A ta belle Fanchon épée & baudrier.

Fin du troisiéme Acte.

ACTE IV.

SCENE I.

CLIDAMOR. LE PRESIDENT.

CLIDAMOR.

EN parle qui voudra, qu'il en raille, ou s'en
  rie,
On a quelque plaisir a reuoir sa Patrie,
Et les bons naturels des Petits & des Grands
Ne peuuent s'empécher d'estimer leurs parens;
I'ay gousté de la joye à voir icy mon frere,
A salüer ma tante, vn voisin, vn compere,
A manger auec eux le matin & le soir;
Mais j'y serois venu tout exprés pour vous voir,
Quand quelque peu de bien d'vn oncle, dont
    j'herite,
N'auroit pas de deux mois deuancé ma visite;
Ie vous l'auois mãdé, je vous l'ay vingt fois dit,
Vous ayant à Paris offert tout mon-credit;
Mais vous encherissez, quãd je suis dans le ville,
Aux lieux où mon pouuoir vous est le moins
    vtile;   Car

Car le plus noble accueil, l'honneur le plus
   parfait,
Est celuy que chez vous, Monsieur, vous m'a-
   uez fait,
Vous m'auez regalé d'vne façon si belle,
Que ma reconnoissance en doit estre éternelle.

LE PRESIDENT.

Mõsieur, je n'ay rien fait qui soit digne de vous,
Mais on aime à se voir, quãd on a comme nous,
Passé ses jeunes ans dans vne mesme école,
Battu le fer ensemble, appris la capriole,
Caressé mesme fille; vn si doux souuenir
Réueille l'amitié, sert à l'entretenir,
Et fournit des sujets d'vne aimable entre-veuë,
Quand on ne se verroit qu'en passant dãs la ruë.

CLIDAMOR.

Vous ne doutez donc pas, que je n'aye éprouué
Cette aimable douceur, en ceux que j'ay trouué;
Mais si, d'vn autre sens, vous tournez la me-
   daille,
Si vous examinez comme icy l'on me raille,
Si vous enuisagez mon costé desarmé,
Pour acquerir Fanchon, dont les yeux m'ont
   charmé.
Qui m'a fait entreprẽdre vn si soudain voyage,
Plus que succession, amis, & parentage,
Apprenant que Damon venoit pour l'espouser;
Puisqu'vn solide amy ne doit rien déguiser,
Il faut que je m'emporte, & que je vous auouë,
Que je supporterois & le fer & la rouë,
Et tous les plus grands maux que les Tyrans
   nous font,
Plustost que cét indigne & si sensible affront;
Mon ame en est encor si rudement frappée,

F

Que j'abandonne tout, que je part sans espée,
Quoy que surpris, honteux de ne la plus porter,
Sãs en vouloir d'emprunt, sans en faire acheter,
Pour ne pas publier que je suis vn infame,
Moy qui faisois souuét voir graué sur ma lame,
Que quãd on perd la vie il faut sauuer l'hõnneur,
Et que le sage doit estre son gouuerneur ;
Adjoustez à cela le déplaisir extréme,
De perdre pour jamais la personne qu'on aime,
D'apprendre en arriuant qu'elle a perdu l'es-
    prit,
Elle dont la beauté si fortement me prit,
Et qui vous prit aussi dés ses tendres années,
Comme si nous auions les mesmes destinées;
Elle que vous aimiez, & dont, peut-estre encor
Vous faites plus d'estat que de vostre tresor,
A moins que sa folie ait adoucy vos flames.

LE PRESIDENT.

Lors qu'il nous est permis de voir souuent les
    Dames
Nostre cœur s'en rebute, & n'en prend plus de
    soin,
On les aime toûjours moins de prés, que de
    loin,
Ie n'ay plus auec elle aucune intelligence.

CLIDAMOR.

Puisque vous m'asseurez de vostre indifference,
Parlez-luy, de ma part, de son triste Escuyer.

LE PRESIDENT, *à part.*

Dans quel sot embarras me va-t'il employer.

CLIDAMOR.

Vous paroissez surpris, d'entendre ce langage,
Vous ne répondez rien, vous changez de visage,
Ouurez moy vostre cœur….

LE PRESIDENT.

                    Les plus fermes esprits,
En certains incidens sont quelquefois surpris;
Et n'osent découurir leurs secrettes pensées.

CLIDAMOR.

Ie vous ay découuert presentes, & passées;
Mais si Fanchon vous touche, au poinct que je
    le croy,
Ie vous quitte de tout, ne parlez point pour moy.
Vostre amitié me plaist d'estre ainsi cordiale,

LE PRESIDENT, *à part.*

Le moyen d'échaper d'vn si faścheux dedale?
Feignons de se trouuer dans le cómun mal-heur:
Ie pense à vostre amour, bien moins qu'à mon
    honneur.

CLIDAMOR.

Si l'honneur vous deffend de me rendre seruice,
En vous le demandant, je fais vne injustice.

LE PRESIDENT.

Il m'oblige à celer vn innocent peché,
Qu'aux yeux de mes amis jusqu'icy j'ay caché,
Et que je couurirois d'vn eternel silence,
Si je n'en craignois pas la rude penitence.

CLIDAMOR.

Le cœur ne peche point, en aimant vn objet,
Qu'il estime vne Reyne, & dont il est sujet,
Fanchő, depuis vingt ans, a sur vous vn empire.

LE PRESIDENT.   (dire;
Ce n'est pas là, Monsieur, ce que je vous veux
Mais, puisqu'il faut, enfin, vous parler en amy,
Qu'à ce nom d'Escuyer mon visage a blesmy.
Ie vous veux confesser à quel point j'apprehēde,
Qu'on me fasse payer vne si rude amande,
Pour auoir par mal-heur, pris vne qualité,

                    F ij

LES FAVX NOBLES

De qui je n'ay jamais nulle part profité,
Que ie souhaiterois qui me fust confirmée,
Pour l'honneur de ma Charge, & de ma re-
    nommée ;
Iugez, si ce chagrin est vn chagrin d'amour ?
CLIDAMOR.
Ce party, je l'aduouë, est cruel à la Cour,
On va mesme à Paris commencer la recherche;
On la fait dans le Mans, dans l'Anjou, dans le
    Perche,
Et nul canton François ne s'en exemptera ;
Icy Monsieur Bousseau vous considerera,
Il sçait que vous marchez le premier dans la
    ville,
Que vous estes Soldat, & Iuge fort habile;
On dit, que de dépit certains s'en sont tuez:
Mais pour vous desormais les grands coups sont
    ruez,
Et vous ne craignez rien du costé des Notaires,
Ils vous respectent trop.
LE PRESIDENT.
            Ceux qui font mes affaires
Sont gens, pour la pluspart, interessez, & mous,
Et qui se donneroient au Diable pour cinq sous;
Nos principaux Bourgeois dans ce party fu-
    rettent,
Et pour quatre deniers comme coquins nous
    traittent ;
Vn visage estranger à present me fait peur,
Dés qu'il viét m'aborder, mon frõt est en sueur.
CLIDAMOR.
Celuy-cy vous aborde.
LE PRESIDENT.
            Il est de connoissance.

SCENE II.

LE PRESIDENT. CLIDAMOR.
LE SERGENT.

LE PRESIDENT.

Qvel coquin vient icy troubler ma confe-
rence?
Retire-toy d'icy.

LE SERGENT.
Monsieur.

LE PRESIDENT.
Retire-toy.

Pendart, si je …..

LE SERGENT.
Monsieur, c'est de la part du Roy;
Maistre Thomas Bousseau vous donne trois se-
maines.

LE PRESIDENT,
A moy-mesme?

LE SERGENT.
Oüy, Monsieur,

LE PRESIDENT.
Oüy, tes fievres quartaines;
Vous voyez bien, Monsieur, qu'on m'assigne
à Paris;   *à part.*
Ie suis puny, bons Dieux! je riois, je suis pris,

F iij

O destin rigoureux! ô fortune inhumaine!
L'amour, le bien, l'honneur.
CLIDAMOR *ayant leu l'Exploict.*

N'en soyez pas en peine;
I'ay d'excellens amis, je vais les employer;
En dépit de Bousseau vous serez Escuyer.
LE PRESIDENT.

Puis-je esperer de vous cét important seruice?
CLIDAMOR.

Mocquez-vous du destin, riez de son caprice,
Ses desseins contre vous s'en iront à vaux l'eau,
Appaisez ma Fanchon.
LE PRESIDENT.

Appaisez mon Bousseau.
CLIDAMOR.

Contez-luy mes regrets.
LE PRESIDENT.

Contez-luy mes alarmes.
CLIDAMOR.

Obtenez-moy pardon, d'auoir quitté les armes.
LE PRESIDENT.

Obtenez-moy pardon, pour cette qualité,
Ce tiltre que j'ay pris sans l'auoir merité;
Il enuoyeroit piller ma maison jusqu'aux bri-
ques.

CLIDAMOR.

Ne vous chagrinez point de ces terreurs pani-
ques;
Ie détourneray bien vn semblable embaras;
Pensez à ma Fanchon.
LE PRESIDENT.

Pensez à mon Thomas,
CLIDAMOR.

Dites-luy que je parisle plus triste du monde.

LE PRESIDENT.

Dites-luy que ma peur est icy sans seconde.

CLIDAMOR.

Contez bien à Fanchon que je meurs à demy.

LE PRESIDENT.

Contez bien à Bousseau que je suis son amy.

CLIDAMOR.

Exaggerez-luy bien mes souspirs & mes peines.

LE PRESIDENT.

Obtenez de Bousseau que mes terreurs soient
  vaines.

CLIDAMOR.

Qu'elle garde mon cœur, tout mal-heureux
  qu'il est.

LE PRESIDENT.

Qu'il me réuoye icy mon Exploit, s'il luy plaist.

CLIDAMOR.

Ménagez bien pour moy son cœur en mon absence.

LE PRESIDENT.

Ménagez bien pour moy, ma bourse en sa presence.

CLIDAMOR.

Pour vous deux à regret j'abandonne ce lieu.
Adieu, mon camarade.

LE PRESIDENT.

Adieu, mon cher.

CLIDAMOR.

Adieu.

LE PRESIDENT.

Encore vn coup, mon cher, sauuez-moy cette
  somme,
Contez bien à Bousseau que je suis vn braue
  homme,

Qu'en quelque occasion qu'on le puisse seruir....
CLIDAMOR.
Allez, je vais pour vous haranguer à rauir.
LE PRESIDENT.
Mon amour, ma douleur peut-elle estre plus
  grande ?
Ie suïs ce que je veux, je suis seur, j'apprehende,
Ie voy bien que Fanchon hait vn cœur Ro-
  turier ;
Grands Dieux ! Si Clidamor me va faire Es-
  cuyer,
Ie croy cette inhumaine à mes vœux fauorable:
Ie t'aime; Clidamor, je suis ton redeuable;
Mais si j'ay cét honneur, foy d'amy President,
Ie ne t'en laisseray croquer que d'vne dent,
Chacun excusera mes anciennes flames.

SCENE III.

LE PRESIDENT. AMERINTE.

AMERINTE.

Monsieur le President, vn peu d'honneur
  aux Dames,
Arrestez vn moment.
LE PRESIDENT.
        Madame, excusez-moy.
Ie ne vous pouuois voir en marchant.

AMERINTE.

                              Ie le croy,
L'ay du chagrin au cœur, & l'ame encor trou-
      blée,
De cette impertinente & fougueuse meſlée,
Où mon fils s'eſt tantoſt embarqué bruſque-
      ment,
Quoy qu'il l'ait terminée aſſez heureuſement;
Ces ſortes de combats ſont toûjours temeraires,
Chacun peut éprouuer les armes journalieres,
L'on n'eſt jamais aſſez de tout le monde aimé,
Pour diſſiper vn bruit, qu'vn traiſtre aura ſemé,
Et l'ombre d'vn duel pour vn objet qu'on aime,
Donne autant de frayeur par fois qu'vn duel
      meſme;
L'Edit eſt maintenant à tel poinct rigoureux,
Qu'il doit faire trébler tous ces ſots amoureux,
Mon fils a trop d'amour, & trop de hardieſſe,
Ie crains que Clidamor ne luy joüe vne piece,
Qu'il n'arme contre luy ſes ſoixante Eſcoliers,
Que meſme il ne luy faſſe inſulte en ces quar-
      tiers.

LE PRESIDENT.

Mettez-vous en repos, ſon ame eſt trop bien
      faite,
Pour aller à Paris publier ſa deffaite;
Rien icy n'eſt à craindre, il en eſt déſja loin.

AMERINTE.

Que vous me deliurez de crainte, & d'vn grand
      ſoin,
Sa Fanchon, cependant, m'eſt vn objet funeſte,
Ie ne puis diſſiper le chagrin qui me reſte,
Quand je voy que mon fils l'aime auec tant
      d'excez,

Qu'il entreprendra tout, sans craindre le succez,
Qu'il ne respectera, passant par la Prouince,
Ny l'Escuyer d'vn Roy, ny l'Escuyer d'vn
    Prince,
Qu'il ne peut pardonner à ses meilleurs amis,
Dés qu'aux loix de Fanchõ il les a veus sousmis,
Qu'il est persuadé que sa folie est feinte,
Que jamais nulle part il n'a cõnû la crainte,
Et que je souffrirois vn tourment sans égal,
S'il falloit qu'vne fois il vous crust son riual.

LE PRESIDENT.

Il a sur Clidamor signalé son courage,
A Lisandre & Bertrand il fait plier bagage,
Il peut aisément vaincre vn homme desarmé,
S'il croit que sa Fanchon m'ait autrefois
    charmé;
Mais pourueu qu'il m'attaque en homme de ma
    sorte,
Ie sçay comme vne épée & se tire & se porte,
Ie m'en souuiens encor.

AMERINTE.

            Vous n'en viendrez pas là.
Vous n'estes Maquignõ, Bertrand, ny Quinola.

LE PRESIDENT.

Ny feru de Fanchon, au point qu'il se figure,
Il a, peut-estre appris ma burlesque aduenture,
Qu'ayant dit au barbon que je veux m'allier,
Ie serois son beau fils si j'estois Escuyer.

AMERINTE.

Il croit donc que mon fils ne soit pas Gentil-
    homme?
Auez-vous remarqué de quel nom il le nõme?

LE PRESIDENT.

Il paroist qu'il en doute, ou qu'il ne le croit pas.

AMERINTE.

Souffrez que je m'en aille éclaircir de ce pas ;
Voulez-vous bien , Monsieur, m'y tenir com-
    pagnie ?

LE PRESIDENT , *en se reculant.*

Madame.

AMERINTE.

I'en aurois vne joye infinie;

Venez.

LE PRESIDENT.

Ie n'aime gueres à parler à des fous.

AMERINTE.

Vous ne parlerez pas, vous jugerez des coups.

LE PRESIDENT.

Il n'est rien, hors cela, que pour vous je ne fasse.

AMERINTE.

Ie m'en vais faire vn tour vers le bout de la
    place ,
Dans vn quart d'heure au plus, trouuez bon d'y
    passer,
Que nous nous puissions-là sans dessein amasser;
Ne me refusez pas ce peu de complaisance.

LE PRESIDENT.

Il faut, puisqu'il vous plaist, vaincre ma repu-
    gnance ;
Mais ne m'obligez point d'entrer dans sa
    maison.

AMERINTE.

Il n'a point de logis dans la belle saison,
La place est son jardin, c'est sa chambre & sa
    sale ;
Ce qu'il dit, ce qu'il fait, tout en ce lieus s'estale;
I'ay bien de plus grands maux à vain-   *à part.*
    cre, à supporter,

Quand je penſe à mon fils, que je ne puis dompter.

LE PRESIDENT, *en rentrant.*

I'aime mieux conteſter mon Code & mon Di-
geſte,
Que de m'embaraſſer d'vne amour ſi funeſte;
Grace à mon mauuais ſort, j'ay dequoy m'em-
ployer,
Sans le tiltre d'amant, pour celuy d'Eſcuyer.

SCENE IV.

AMERINTE. CELIMENE

AMERINTE.

Eſt-ce elle? oüy, je vous ay de bien loing
apperceuë,

CELIMENE.

Que vous auez, Madame, vne excellente veuë!

AMERINTE.

Noſtre Race a les yeux fort clairs, & fort per-
çans;
Ma mere, & ma grand'-mere à ſoixante & quin-
ze ans
Diſcernoient vn ciron meſme au clair de la
Lune.

CELIMENE.

On eſtime le laict & les yeux d'vne brune

AMERINTE,

AMERINTE.

Mais d'où vient que la brune est hors de vos
   papiers,
Aussi-tost que son fils rentre dans ces quartiers?
Que je ne reçoy plus, ainsi qu'en son absence
De Fâchon, ny de vous, aucune bien-veillance?
A-t'on dit quelque mot, mal pris, mal entendu?

CELIMENE.

Non, c'est que son papa nous l'a trop deffendu.

AMERINTE.

Que peut auoir commis ou le fils, ou la mere,
Pour auoir ainsi mis ce bon-homme en colere?

CELIMENE.

Ie n'en sçay rien, Madame.

AMERINTE.

             Encor faut-il sçauoir
Quel sujet vous auez de n'osér plus nous voir?
Vous connoissez mon fils, est-ce vn garçon qui
   cause?
De Fanchon, ou de vous, a-t'il dit quelque
   chose?
Dit-on que quãd vostre oncle a par tout piaillé
Qu'elle estoit vne fole, il en aura raillé?
Ne l'a-t'il pas toûjours également seruie?
Hier encore pour elle il hasarda sa vie,
Et si de sa Maistresse il disoit quelque mal,
Ne souffriroit-il pas aisément vn Riual?

CELIMENE.

Quoy qu'on nous ait juré qu'il n'est pas Gentil-
   homme,
Que d'vn nom roturier quelqu'vn d'icy le nom-
   me,
Nous n'auons jamais pû ma cousine, ny moy,
A ces mauuais discours, adjouster nulle foy:

G

Ainsi qu'il vous a plû d'honorer sa sagesse,
Nous auons toutes deux respecté sa Noblesse.
AMERINTE.
Et vostre oncle le croit?
CELIMENE.
Ie ne le sçay pas bien.

SCENE V.

AMERINTE. CELIMENE. LE PRESIDENT.

AMERINTE.

Monsieur le President soyez de l'entretien,
Puisqu'vn heureux hasard en ce lieu vous ameine,
Tirez-nous toutes deux d'vne burlesque peine;
Vous sçauez que mon pere a seruy quatre Roys,
Qu'il a fait à la guerre vn tas de grãds exploits;
Que l'on mena ma mere à la Cour bien petite,
Qu'elle a seruy vingt ans la Reyne Marguerite,
Qu'elle fut mariée à l'âge de trente ans,
Qu'en vingt & quatre mois elle eut deux beaux enfans;
Apres cela l'on dit qu'vne ame aussi guerriere,
Qu'est celle de mon fils, est basse & roturiere;
Croyez-vous les caquets que ces sottes gés font?
Pourriez-vous bien souffrir vn si sensible affrōt?

Dites-m'en voſtre aduis, raiſonnons-en enſéble.

LE PRESIDENT, *à part.*

Voila burleſquement raiſonner, ce me ſemble.

AMERINTE.

Quoy ?

LE PRESIDENT.

Si je le croyois, je ſerois bien mary.

CELIMENE.

Vne femme ne peut anoblir ſon mary,
Ny la mere ſon fils, excuſez-moy, Madame,
Si je declare ainſi les penſers de mon ame.

AMERINTE.

Mais, d'où vient que voſtre oncle a l'épée au
coſté ?
Ne va-t'il pas aux champs ?

CELIMENE.

Non, il ſeroit botté.

SCENE VI.

**AMERINTE. CELIMENE. LE
PRESIDENT. ARONTE.**

AMERINTE.

IE vous trouue à preſent tout guerrier, mon
compere.

ARONTE.

C'eſt vn échantillon d'vne noble colere,

Que ma fille a receu de voſtre braue fils,
Et que, pour l'honorer, à mon coſté j'ay mis.
LE PRESIDENT.
Mais Clidamor vous cherche, il faut bien vous
   attendre,
S'il vous rencontre icy, qu'il vous la fera rēdre.
ARONTE.
Ie ne me ſerois pas de la ſorte atourné;
Si je ne ſçauois bien qu'il s'en eſt retourné,
Car on reprend ſon bien par tout où l'on le
   trouue;
Contre tout autre braue à l'inſtãr je m'éprouue.
LE PRESIDENT.
Ie ne ſuis pas vaillant juſqu'à vous deffier,
Et vous n'en voudriez pas, à moins d'vn Eſ-
   cuyer,
Comme il vous en faut vn, pour eſtre voſtre
   gendre,
AMERINTE, *à part.*
Cét entretien railleur me fera tout comprēdre;
Mais dites-moy, compere, à propos de céla?
Auez-vous pris mon fils pour quelque Quinola?
Vous publiez par tout qu'il n'eſt pas Gentil-
   homme,
Il l'eſt, s'il en eſt vn, d'icy juſques à Rome;
Et je vous feray voir des anciens papiers,
Où vous remarquerez plus de trente Eſcuyers.
ARONTE.
Ie ne les veux point voir, ces gens porte marote,
Pour en auoir veu trois, j'en ay la teſte ſotte,
Et ma pauure Fanchon en a perdu l'eſprit:
En prononçant ce nom, ſon faſcheux mal luy
   prit;
I'honore voſtre fils, & ſa noble vaillance,

Son grand pere a fait voir quelle estoit sa naif-
  sance,
Puisqu'en place de Greue on luy coupa le cou.
AMERINTE.
Cét Arrest fut rédu ▬▬▬ par vn President fou,
Qui presidoit tout seul, dans le temps de la
  Ligue,
Le moindre Courtisan sçait assez cette intrigue,
Et l'on ne nous en peut aucun mal reprocher.
ARONTE.
Ie ne vous l'ay pas dit aussi pour vous fascher;
Mais, pour mieux honorer voftre illustre No-
  blesse.
AMERINTE.
Ce n'est pas là aussi tout le mal qui me blesse.
ARONTE.
Il est vray que j'ay dit dans mon patois grossier,
Que Monsieur voftre fils n'estoit pas Escuyer.
AMERINTE.
Vn Noble, vn Escuyer, n'est-ce pas mesme chose?
ARONTE.
Ah! je n'ay jamais lû dans la Metamorphose,
Faites venir ma fille, elle est dans le donjcon,
Elle sçait mieux que nous expliquer ce jargon.
LE PRESIDENT.
Cependant, Celimene, agréez mes seruices,
Auoüez que Fanchon a pour moy des caprices,
Souffrez que je vous offre vn cœur qui luy dé-
  plaist,
Ne le méprisez pas, tout méprisé qu'il est.
CELIMENE.
C'est trop d'honneur pour moy.
ARONTE.
Sa paresse m'assomme.

CELIMENE.

La voicy...

: * * * * * * * * * * * * * *

SCENE VII.

AMERINTE. CELIMENE. LE
PRESIDENT. ARONTE. FANCHON.

ARONTE.

Ça, Damon, n'est-il pas Gentil-homme?
FANCHON.
Ie l'ay crû, mais quelqu'vn le veut icy nier,
I'ay pourtant toûjours dit qu'il estoit Escuyer.
ARONTE.
Et moy, je suis toûjours de contraire pensée.
AMERINTE.
Nous voicy pis que mieux, la chanse est ren-
    uersée.

ARONTE, *à Fanchon.*
Tu me parlois tantost tout d'vne autre façon.
AMERINTE.
Compere, c'est de vous que je prends la leçon.
ARONTE.
Soyez donc raisonnable, ou soyez raisonnante,
Ie l'aurois fait vingt fois comprendre à ma ser-
    uante,
Escuyer en François veut dire vn Escuyer,
Gentil-hôme en Frãçois n'est pas vn Roturier;

Comprenez-vous, Madame ?
AMERINTE.
Oüy, je comprends, compere;
Mais.

ARONTE.
Quoy ?
AMERINTE.
Ie n'entends pas encor tout ce myftere,
ARONTE.
Ie vay recommencer, fi je m'expliquois mal:
Efcuyer en François eft vn Noble à cheual ;
Or eft-il ...

AMERINTE.
Mais, compere ...
ARONTE.
Or eft-il ...
AMERINTE.
Mais ...
ARONTE.
Madame,
Ne fçauroit-on jamais faire taire vne fame ?
Or écoutez donc ...
AMERINTE.
Quoy ?
ARONTE.
Vous troublez mon cerueau,
Diantre, on oit braire vn afne, on oit beugler
vn veau,
Ie dis, ... je ne fçay plus ce que je voulois dire.
FANCHON.
Papa ...

ARONTE.
Tais-toy, non, parle, atttend.

G iiij

LE PRESIDENT.

> Ie meurs de rire.

ARONTE.

I'y suis, non fait, si fait, non, si, je n'y suis pas,
Ie ne m'en souuiens plus, diantre soit du tracas.

CELIMENE.

Mon oncle.

FANCHON.

> Mon papa...

AMERINTE.

> Mon compere

LE PRESIDENT.

> Il va lamble.

FANCHON.

Reuenez.

ARONTE.

Non.

FANCHON.

Papa.

ARONTE.

> Vous parlez tous ensemble.

FANCHON.

Ne faut-il pas conclure, auant de s'en aller?

ARONTE.

Que l'on se taise donc, je retiens à parler:
Ie dis donc qu'Escuyer j'ay l'esprit en écharpe,
Dy-moy, parle, ils sont tous plus muets qu'vne
　carpe;
Que l'on me dise vn mot, qu'on me donne la
　main,
Pour me remettre encore vn peu dans mon
　chemin,
Hé bien, je m'en vais donc, au diable soit les
　filles:

Apportez-moy tantoſt voſtre ſac & vos quilles,
Vous ſerez bien-venus, & vous & vos papiers;
Mais je ne veux point voir de ces fous d'Eſ-
 cuyers.

Fin du quatriéme Acte.

ACTE V.

SCENE I.

AMERINTE. LICIDAS.

AMERINTE.

N'Eſt-ce pas vne choſe extrémement
 eſtrange,
Qu'on ne l'ait jamais vû content, s'il ne ſe
 vange?
Que les pleurs d'vne mere ayent ſi peu de pou-
 uoir,
Et que jamais ce fils ne rentre en ſon deuoir?
Il ne luy ſuffit pas d'eſtre couuert de gloire,
D'auoir ſur Clidamor remporté la victoire,

Son courage inuincible à tel point eſt ardent,
Qu'il veut couper la gorge au pauure Preſident;
S'il reſte encore vn hôme acquis à ma famille,
Il faut, c'eſt ſon Riual, mal-gré moy qu'il
    l'étrille ;
Il ne luy ſuffit pas d'auoir vû dans les yeux
De ſa belle Fanchon des regards gracieux,
D'eſtre aſſeuré par luy, que la folie eſt feinte,
De n'auoir plus au cœur ce grãd ſujet de crainte;
Alors qu'il la croit ſage, il veut faire le fou,
Et ſon cœur, pour ſa mere, eſt plus dur qu'vn
    caillou ;
Ce fils ſans amitié jamais ne me conſole,
Parce qu'Aronte eſt fou croit il que je ſois fole?
Il eſt vray qu'en l'eſtat où me met cét ennuy,
Ie ne raiſonne pas quelquefois mieux que luy;
Mon fils eſt le vray fou, s'il en tire aduantage,
L'amour que j'ay pour luy le doit rendre plus
    ſage ;
Souuent vn tel dépit produit vn autre amour,
Et je ſuis jeune aſſez pour luy joüer vn tour;
Ie me ſouuiens fort bien quelle eſt la difference
D'vn mary qui me flatte, & d'vn fils qui m'of-
    fenſe.

LICIDAS.

Chaſſez de voſtre eſprit de pareils ſentimens,

AMERINTE.

Chaſſez pluſtoſt du ſien tous ſes emportemens.
Ie l'entends, le voicy, faites-luy bien la guerre,
Il vous aime, & vous craint plus qu'vn coup de
tonnerre.

SCENE II.

LICIDAS. DAMON.

LICIDAS.

VOicy ce braue enfant, dõt la mere se plaint,
Qui desarme les gens, que tout le monde
  craint ;
N'est-tu pas satisfait de ton nouueau trophée?
D'auoir à ta Fanchon enuoyé cette épée,
Ton esprit, à son to, veut-il estre égaré:
Veux-tu te battre encor contre vn bonnet carré?
Et de ton pistolet en abattre les cornes ?
Sont-ce de ta valeur les veritables bornes ?
Me veux-tu pour second ? crois-tu mieux triompher,
D'vn bras, qui vient d'apprendre à battre vn peu
  le fer ,
Il faut toûjours monter, & jamais ne descẽdre;
Bats-toy contre vn Cesar , ou contre vn Ale-
  xandre ,
Et ne regarde pas vn jeune jouuenceau,
Qui n'a point encor vû d'épée hors du foureau ;
Quel dépit t'a-t'il fait, qui t'est si dommageable?
Il aime ta Fanchon, n'est-elle pas aimable ?
Quoy? ta mere t'adore, & tu veux l'ennuyer ?
Ie la voy toute preste à se remarier ;

Ta fortune vient d'elle, & la moindre sottise
Te va rédre plus gueux, que n'est vn rat d'Eglise,
Tel que tu ne sçais pas pourroit bien l'empau-
    mer,
Elle n'a pas encore oublié l'art d'aimer;
Croy qu'elle peut choisir & l'épée, & la plume,
Et qu'vn tison éteint aisément se r'allume.
                DAMON.
Seroit-il bien possible ?
                LICIDAS.
                        Il n'en faut point douter,
Elle est riche, il suffit, propre à tout écouter,
Et j'aurois peur de tout, si j'estois en ta place.
                DAMON.
Tu ne m'as que trop dit ce qu'il faut que je fasse.
                LICIDAS.
Medite là-dessus, sans faire le brutal,
Vne femme en colere est vn fier animal,
Dés que la passion vne fois la possede,
Rien ne la peut dompter, il faut que tout luy
    cede.
                DAMON.
Mais.
                LICIDAS.
    Quoy ?
                DAMON.
    Ne sçais-tu pas que de jeunes garçons?
                LICIDAS.
Ce que tu vas conter ne sont que des chansons,
Songeons, sur toute chose, à conclure vne affaire,
Que Madame desire, & qui t'est salutaire;
Va-t'en tout de ce pas preparer tes papiers,
Cesse d'entretenir ce barbon, d'Escuyers:
Et voy le President, que Madame l'ameine.
                            Il est

Il eſt aſſez content quand il voit Celimene,
Nous en auons parlé tantoſt bien joliment ;
Il ne faut point pour toy d'autre accommode-
    ment,
Fanchon eſt riche, eſt belle, eſt ſage, & bien
    nourrie,
Sur tout ne gaſtons rien, auec noſtre écurie ;
Mais, ſouffrons ſon papa, ſage, fou, tel qu'il eſt.

DAMON.

Ne m'abandonne point, Licidas, s'il te plaiſt.

LICIDAS.

Bien.   DAMON.

      Mais d'où vient qu'Aronte a des fa-
çons ſi foles ?

LICIDAS.

C'eſt qu'il n'a rien appris qu'à compter ſes pi-
    ſtoles ;
Et tu ſçais que la ville, où regnent les filous,
Appelle ce pays, La Garenne des fous.
Va.

SCENE III.

LICIDAS. ARONTE,

LICIDAS.

VOus rêuez, Monſieur, dans voſtre
    promenade,

H

ARONTE.

Ces diãtres d'Efcuyers font mon efprit malade,
I'ay le corps abatu de ne point fommeiller;
Quelqu'vn d'eux, malgré moy, vient toûjours
     méueiller :
Ces traiftres, en dormant, à mes yeux fe pre-
     fentent ,
Ils me fuiuent par tout, me courent, & m'é-
     uentent,
Dés que je fais trois pas, ils font fur mes talons;
I'en voy de beaux, de laids, j'en voy de courts,
     de longs ;
I'en voy de bleus, de verds, & de couleur d'au-
     rore ,
I'en voy de blancs, de bruns, & de plus noirs
     qu'vn More,
De couleur d'Amarante, & de diable enrumé,
Ie croy qu'en mon jardin quelqu'vn en a femé;
I'en voy de violets, d'incarnat, d'Ifabelle,
Tout cela, Licidas, la nuiét, & fans chandelle.

LICIDAS.

O Dieux !

ARONTE.

Hola, j'en voy de bons & de méchans,
I'en voy de Confeillers, & de fils de Marchands,
I'en voy comme Mufniers à cheual fur des afnes;
Et d'autres en jufte-au-corps, en manteaux, en
     foutanes ;
I'en voy de tous nouueaux qu'on vient de déni-
     cher ,
I'en voy la tefte en bas, & les pieds au plancher,
Se promenant dans l'air à cinq pieds de la terre,
Comme ces gens qu'on voit à trauers vn gros
     verre ;

I'en voy de tout païs, de petits & de grands,
D'entaſſez dans vn caque, ainſi que des harans;
I'en voy de contrefaits, j'en voy de belle taille,
I'en voy d'or & d'argent, & de neige & de paille;
I'en voy de tous chenus dans vn verre entaſſez,
Se cachans dans vn coing, de peur d'eſtre caſſez;
Ie voy des gens meſlez qui fumènt & qui boi-
    uent,
Et de tous ces gens-là la plus grand part me doi-
    uent;
Et celuy-là de tous qui veut le moins payer,
C'eſt Monſieur le Meſſire, ou Monſieur l'Eſ-
    cuyer;
I'ay meſlé ma ſerrure, en ouurant mes caſſettes,
I'en ay perdu les clefs, j'ay caſſé mes lunettes,
I'appelle à mon ſecours Perrine, & Caſcaret,
Ie croy que le coquin eſt dans le cabaret;
Il s'éueille, il ſe leue, & heurte contre vn coffre,
Se bleſſe à chaque pas, contre tout ce qui s'offre;
Perrine, à ſes hauts cris, ſe réueille en ſurſaut,
Elle ſaute du lict les pieds dans vn rechaut,
A ſa voix je réponds, Que veux-tu que j'y faſſe,
Pareſſeuſe guenipe, eſtoit-ce là ſa place?
Elle cherche la porte, & rencontre vn volet,
Elle deſcend en bas, y trouue mon valet,
Ils ſe heurtent tous deux dans cette chambre
    obſcure.

LICIDAS.

Ne l'interrompons point, la plaiſante auanture

ARONTE.

Et, ne ſe pouuant voir l'vn l'autre qu'à taſtons,
Ie croy que par mal-heur il la bleſſe aux tetons;
Perrine le deffend, Caſcaret la renuerſe,
Ie ne ſçay s'il la bat, je ne ſçay s'il la berſe,

Ie ne sçay que penser de ce gros animal,
Mais la seruante crie, Ahy, tu me fais mal !
Ie crie encore vn coup, j'ay perdu mes lunettes:
Tost, découurez ce feu, prenez des alumettes,
Regardez bien par tout; ces gens sont estonnez
De me les voir encore entieres sur le nez.
Ie croy qu'vn Gobelin tourmente ma famille,
Ou que ces Escuyers veulent forcer ma fille;
Ie m'inquiette alors bien plus fort que deuant,
Ie parle, je raisonne, & m'écrie en réuant,
Plus j'ay d'inquietude, & plus fort je sommeille,
Aussi-tost, Licidas, le Clocheteur m'éueille,
Et d'vn lugubre ton recommande à prier,
Pour l'ame de Paul tron, luy viuant Escuyer;
Pour vne jeune fille enjoüée, & bien sage,
Qui s'en va voir les Dieux auec son pucelage.
Dés que je suis leué, l'on parle de papiers,
Que l'on m'y fera voir plus de trente Escuyers,
Que plus de trente fois le Diable les entraisne;
C'est comme s'ils mettoient vn forçat à la
　　chaisne.

LICIDAS.

Il n'en faut plus parler, mais faire voir aux
　　gens
Que Damon est bien Noble, & depuis trois
　　cens ans.

ARONTE.

Vous vous mocquez, à peine en a-t'il vingt-
　　& quatre ;
Dieux ! combien, en ce cas, en faudroit-il ra-
　　batre ?

LICIDAS.

Quand je dis trois cens ans, j'entends de pere
　　en fils,

Ses ayeuls, bisayeuls, & trisayeuls compris.
ARONTE
Ah ! je vous entends bien, en parlant de la sorte,
Ie pense voir quelqu'vn, qui m'attend à ma
    porte,
Souffrez que j'aille faire vn petit tour chez
    nous,
Ie vous laisse ma fille & ma niepce auec vous;
Ie reuiens sur mes pas.

SCENE IV.

LICIDAS. FANCHON. CELIMENE.

FANCHON.

Bıen.
LICIDAS.
    Vous sortez du Temple.
FANCHON.
Oüy, Licidas, & vous d'vn entretien fort am-
    ple ;
Car mon pere, sans doute, a pû vous ennuyer.
LICIDAS.
Il m'a fort bien appris qu'il hait vn Escuyer.
CELIMENE.
Il n'a point à present d'autre nom en la bouche;
Ce qu'il ne connoist pas, horriblement le tou-
    che.

LICIDAS.

Il n'en faut plus parler, vous auez, en tout cas,
Dit fort heureusement que Damon ne l'est pas.

FANCHON.

I'eusse encore mieux fait, si j'eusse pû me taire,
Que n'a-t'il à Paris terminé son affaire?
Puisqu'en si peu de jours il la pouuoir finir,
Il y falloit rester, & non pas reuenir.

LICIDAS.

Il falloit vous aimer auec moins de tendresse,
N'estre point si pressé de reuoir sa Maistresse;
Tout est en bon estat, il a de bons agens.

FANCHON.

Il l'eust fait en trois jours, il leur faudra trois
ans.

LICIDAS.

Vous nous desesperez, auec vn si long terme.

SCENE V.

LICIDAS. FANCHON. CELI-
MENE. DAMON.

FANCHON.

Est ce là cét esprit si constant, & si ferme?
Qui croit que je suis fole, aussi-tost qu'on
luy dit?

CELIMENE.
Il en paroiſt encor tout à fait interdit.
DAMON.
Si je vous aimois moins, je ſerois moins ſenſi-
    ble,
N'en ayant point parlé, ma faute eſt remiſſible;
Mais, n'auez-vous pas crû que j'eſtois Rotu-
    rier?
FANCHON.
Si je vous aimois moins, l'aurois-je pû nier?
N'en ayant point parlé, ma faute eſt pardon-
    nable.
DAMON.
Vous auez vn eſprit tout à fait admirable;
Ie ne ſçay maintenant qui de nous deux a tort.
FANCHON.
C'eſt vous, de qui l'eſprit doit eſtre le plus fort.
DAMON.
Au moins, je n'ay rien dit contre voſtre ſageſſe.
FANCHON.
Au moins, je n'ay rien dit contre voſtre No-
    bleſſe.
DAMON.
Vous n'en dites que trop, quand vous ne vou-
    lez pas
Deliurer mon eſprit de ce cruel tracas.
FANCHON.
Vous n'en dites que trop, en me preſſãt de faire
Vn contract ſolemnel, qui déplaiſt à mon pere;
Que vous pouuiez vous-meſme en trois jours
    terminer.
DAMON,
Il eſt vray, ma Fanchon, qu'on me deuroit
    berner,

H iiij

Ie pouuois, il est vray, si j'eusse esté plus sage
M'exempter de ces maux, & d'vn secõd voyage;
Mais je ne pouuois viure vn moment sans vous
    voir.

FANCHON.

Et ma veuë à present vous met au desespoir:
I'ay de vostre valeur vn aimable Trophée,
Que je voye vn Arrest, aussi bien qu'vne épée;
Ie n'ay jamais douté du Sang de vos Ayeux,
Mais, j'en veux vne preuue éclatante en ces
    lieux.

DAMON.

I'ay de vostre vertu des marques heroïques,
I'en veux de vostre amour, qui soient aussi pu-
    bliques,
Sans faire cette injure à mon illustre Sang.

FANCHON.

Vous connoissez Filarque, & sa Race, & son
    rang,
Il est de ces quartiers, aussi bien que sa fame,
Il est connû pour Noble, & sa femme est Ma-
    dame;
Ignorez-vous l'affront qu'on luy fait aujour-
    d'huy ?
Trente sont condamnez, Nobles, & plus que
    luy :
Voulez-vous que demain vn mesme affront
    m'afflige ?
En vous des obligeât, Monsieur, je vous oblige:
La belle Cheualiere, en fardant son museau,
Croit tirer son mary des griffes de Bousseau;
Mais Bousseau plus fin qu'elle, & plus opinia-
    stre,
Veut des visages d'or, non pas des teins de pla-
    stre.

DAMON.

Tous ces gens condamnez faiſoient les entédus,
Ils s'en ſeroient parez, s'ils s'eſtoient deffendus.

FANCHON.

Deffendez-vous-en donc, ſans quitter la partie,
Qui la quitte la perd.

DAMON.

Oüy, quand mal on la lie;
I'ay là de bons agens, qui me deffendront bien.

FANCHON.

I'apperçoy mon papa, ne parlons plus de rien.

SCENE VI.

LICIDAS. FANCHON. CELIMENE. DAMON. ARONTE.

ARONTE.

IE ne voy point icy Madame voſtre mere,
Ne viendra-t'elle pas bien toſt ?

DAMON.

Oüy, je l'eſpere;
Monſieur le Preſident l'a trouuée en chemin,
Car je voy que là-bas il luy donne la main ;
Il ne tiendra qu'à vous, Monſieur, puiſqu'on s'aſſemble,
Qu'vn lien conjugal ne nous vniſſe enſemble;
Ie vous vay faire voir, par differens contrats,
Que noſtre Race eſt Noble à plus de vingt caras;

C'eſt tout ce que Fanchon deſire & nous
  demande,
Ie pretends en donner vne preuue aſſez grande,
Que dãs l'Armorial nous ſommes des premiers.

SCENE VII.

LICIDAS. FANCHON. CELIMENE,
DAMON. ARONTE. AMERINTE.
LE PRESIDENT. LE LAQVAIS.

ARONTE.

Pvisque vous le voulez, viſitons vos papiers:
C'a, le premier venu.

AMERINTE.

La place vous plaiſt-elle?

ARONTE.

On croira qu'entre nous je lis quelque nouuelle,
Ainſi, donc, par reſpect, nul n'en approchera:
L'endroit eſt écarté.

AMERINTE.

Tout ce qu'il vous plaira.

ARONTE.

Baillez-moy voſtre ſac, va querir mes lunettes,
Viſte.

FANCHON

Vous les auez, foüillez dans vos po-
chettes.

ARONTE, *en cherchant.*

Les voicy, non, si fait, non je ne les ay point,
Ie les tiens.

LE PRESIDENT.

Le voila satisfait sur ce point.

ARONTE.

Commençons donc à voir, Contrat de mariage
De Philippe Damon, Escuyer ; Ah ! j'enrage,
De voir ce chien de mot, qui par tout me pour-
suit,
Qui ne m'a pas laissé dormir toute la nuict.

LE LAQVAIS.

Ie ne les trouue point.

ARONTE.

Eiles sont sur ma table,
As-tu bien regardé prés ma Montre de sable ?
Du costé du miroir ? Va, cherche bien par tout;
Traistre, cours.

AMERINTE.

Souffrons-en de grace jusqu'au bout.

ARONTE.

Escuyers, & laquais me troublent la ceruelle.

LE PRESIDENT,

Cette comparaison me paroist assez belle.

ARONTE.

I'ay veu des Procureurs, qui sur tous leurs dos-
siers
Escriuoient ce matin, Iean, Paul, Pierre, Escuyers ;
Ainsi donc tout le monde en ce pays se nomme.

LE PRESIDENT.

Monsieur, vn Escuyer, veut dire vn Gentil-
homme ;
Ne vous y trompez pas, c'est vn honneur bien
grand,

Et l'on punit celuy qui, fans tiltre le prend :
Telle eft la volonté du grand Roy noftre Sire.

ARONTE.

Monfieur le Prefident, vous deuiez me le dire;
C'eft à vous à m'inftruire, en telle occafion.

LE PRESIDENT.

Si je ne l'ay pas fait, c'eft par difcretion.

LE LAQVAIS.

Ie ne les trouue point.

ARONTE.

       Diantre, il me defefpere.

AMERINTE.

Touchez à voftre nez, vous les auez, compere.

ARONTE.

Ie cherche mon baudet, lors que je fuis deffus;
Ne perdons plus de temps en difcours fuperflus,
Ie fuis tout glorieux d'eftre inftruit à la mode,
Vous m'en auez appris galamment la methode:
Or ça, j'en fuis d'accord, Damon eft Efcuyer;
Mais, Madame, auoüez, qu'il ne l'eft qu'en
    papier.

AMERINTE.

Non.

ARONTE.

    De bon parchemin dureroit dauantage,
Ie n'en voy pas icy feulement vne page.

AMERINTE.

Tous les originaux au procez font repris.

ARONTE.

Il eft donc Efcuyer feulement à Paris ?

AMERINTE.

Nous n'en pouuons auoir chez nous que la
    copie ;
Mais l'affaire vuidée, alors....

                  ARONTE.

ARONTE.

          Fou, qui s'y fie,
Tantost mon Aduocat me l'a bien deffendu.

AMERINTE.

Pourquoy ?

ARONTE.

Si ce procez alloit estre perdu,
Cette perte aussi-tost ruïneroit ma famille ;
Laquais, va me querir le portrait de ma fille.

FANCHON.

Quel besoin auez-vous de ce vilain tableau ?

ARONTE.

En vouloir tant sçauoir, cela n'est gueres beau,
Dépesche vistement, vne fille innocente
Est bien plus à cherir, que d'estre si sçauante ;
Quand il sera venu, vous sçaurez assez tost
A quoy je le destine, & quel est son deffaut.

LE PRESIDENT, *à part.*

Ce barbon jusqu'au bout pousse la Comedie.

ARONTE, *à Amerinte.*

Vous ne m'auez guery que d'vne maladie,
Il en reste, Madame, encore vne à guerir,
Et dont la preuoyance empesche de mourir.

LE PRESIDENT.

M'expliquerez-vous bien ce jargon, Celimene.

CELIMENE.

C'est pour moy de l'Hebreu.

LE PRESIDENT.

          I'aurois la mesme peine.

ARONTE.

Ne me prendriez-vous pas pour vn gros animal,
D'allier la copie auec l'original ?
Copie, & copiée, ainsi jointes ensemble,
Feront vn mariage assez beau, cõme semble ;

I

Madame, il faut toûjours épouſer ſon pareil.

AMERINTE, *à part.*

[N'eſtoit le bien qu'il a je ſuiurois ſon conſeil,]
Chaque piece du ſac d'vn Notaire eſt ſignée,
Et ſur l'original bien collationnée.

ARONTE.

Ce portrait par vn peintre eſt collationné,
Iouxte à l'original ſon pinceau l'a ſigné,
Madame, pouuez-vous me prouuer le contraire?
Sur vos originaux nous parlerons d'affaire,
Remportez vos papiers, reporte ce portrait.
Iamais, de mon viuant, il n'en ſera rien fait;
Ma Fanchon n'eſt pas fille à liurer ſa perſonne
Pour de méchans papiers, que quelque Clerc
    griffonne,
Il faut du parchemin, qui ſoit ſigné des Dieux;
Ainſi peau contre peau s'accommodera mieux,
Ie vous ſouhaite heureux, & je vous remercie.

DAMON.

Quoy ! ſi cruellement rompre ainſi la partie!
Monſieur, encore vn coup, écoutez ma raiſon.

ARONTE.

Vn ſujet plus preſſant m'appelle à la maiſon,
Il n'en ſera jamais de ma vie autre choſe.

DAMON.

Parlez en ma faueur, belle Fanchon.

FANCHON.

                                     Ie n'oſe,
Et mon plus beau parler ne ſeruiroit de rien.

LE PRESIDENT.

Quel ſot raiſonnement d'eſtre eſclaue du bien.

DAMON.

Monſieur, Fanchon, Madame, Aronte, Celi-
    mene,

Me voulez-vous laisser dans cette estrãge peine?
Fanchon, ne suis-je plus dans vostre souuenir?
Licidas, cours apres, & les fais reuenir;
I'apperçoy mon laquais, il aura des nouuelles,
Tost, dépesche laquais, Dieux! que n'a-t'il des
    aisles!
Hé viste, viens, accours, ay-je obtenu l'Arrest?
                LE LAQVAIS.
Monsieur, je n'en sçais rien.

SCENE VIII.

LICIDAS. DAMON. FANCHON.
ARONTE. AMERINTE. CELIMENE.
LE PRESIDENT. LE LAQVAIS.

FANCHON.

IL n'est pas encor prest.
            LE LAQVAIS.
Ie ne vis en partant, ny voisins, ny voisines,
                DAMON.
Encor, que disoit-on?
                LE LAQVAIS.
                        On disoit les Matines.
                DAMON.
Que dit mon Auocat? Que dit mon Procureur?
            LE LAQVAIS.
Ils sont toûjours tous deux d'aussi plaisante
    humeur,
                                I ij

Ils boiuent la santé de Fanchon, de Madame,
Ie croy qu'ils vont pour vous faire vne Epistre
    à l'ame.
DAMON.
Diantre d'Epitalame.
FANCHON.
                            A quoy sert ce caquet?
Ce laquais ne sçait rien, ouurez vostre paquet.
LE PRESIDENT.
Le maistre & le valet font également rire.
DAMON,
C'est icy quelque Arrest.
ARONTE.
                            Baillez, je le veux lire.
FANCHON.
Non, papa, vous lisez vn peu trop lentement,
Donnez-moy, s'il vous plaist,
ARONTE.
                            Vous parlez sottement,
Il est fort bien écrit, & les lettres sont nettes.
FANCHON.
Dépeschez donc, papa.
ARONTE.
                            Ie cherche mes lunettes.
FANCHON, *à Damon.*
Regardez, cependant, ce que la lettre dit.
LE PRESIDENT, *à Celimene.*
Ce pauure garçon tremble, il est tout interdit.
DAMON.
La lettre ne dit rien, si fait, non, si, j'espere.
FANCHON, *à Aronte.*
Baillez.
AMERINTE.
Laissez-le lire à Monsieur vostre pere.

FANCHON.

Il le tient à rebours, tournez d'vn autre sens.

DAMON.

Tout va bien, ma Fanchon, reprenons tous
nos sens.

FANCHON.

C'est ainsi; là, lisez.

LICIDAS.

Quelle boufonnerie ?

FANCHON.

Monsieur le President, aidez-luy, je vous prie.

LE PRESIDENT.

Cét Arrest est bien long.

ARONTE.

Ie n'en n'ay jamais leu.

FANCHON.

Monstrez-luy....

LE PRESIDENT.

Commencez à ces deux mots.

ARONTE.

Tout veu.

Sur la production par nous examinée,
La Cour dit que Damon est de noble lignée,
Le declare Escuyer, veut que la qualité
Passe en loyal Hymen à sa posterité,
Née, & qui pourra naistre, ordonne qu'en la
France
Ils joüissent des droits des Nobles de naissance,
Deffend de les troubler, en viuant noblement,
Pour le nom d'Escuyer par luy pris justement.

LICIDAS.

C'est donner à tes maux de souuerains remedes.

DAMON.

Les Dieux en soient loüez.

I iij

ARONTE *continüe.*

Fait à la Cour des Aydes
Le treize de Ianuier.

LE PRESIDENT.

Non, Monsieur, c'est le trois,
Six cens soixante & cinq, l'an, & le iour du
mois;
Veu les conclusions du Procureur du Prince,
Et le desistement de Bousseau (qui nous pince)
Scellé de cire jaune, & signé du Greffier.

ARONTE.

Comment le nomme-t'il?

LE PRESIDENT.

Regardez-bien.

ARONTE.

Paulmier;
Mon voisin le connoist, puisque la Cour l'or-
donne,
Ie le veux bien, Fanchon.

DAMON.

Et vous?

FANCHON.

Ie m'abandonne,
Puisque mon cher papa me le commande ainsi.

DAMON.

Et moy, belle Fanchon, je m'abandonne aussi;
Vous ne me croirez plus Noble à simple tonsure?

FANCHON.

Vous ne me croirez plus fole, qu'en mignature,
Cette peinture agrée & de prés & de loin.

DAMON.

Que vos comparaisons viennent juste au besoin.

ARONTE.

Allons tous chez ma sœur, pour la tirer de
peine,
Et regler les moyens d'appointer Celimene.

LICIDAS.

Monsieur le President peut la desennuyer.

LE PRESIDENT.

I'espere aussi, bien-tost, passer pour Escuyer.

Fin du cinquième & dernier Acte.